목탁

목탁 3

검자 新무협 판타지 소설

초판 1쇄 찍은 날 § 2016년 2월 19일
초판 1쇄 펴낸 날 § 2016년 2월 26일

지은이 § 검자
펴낸이 § 서경석

편집책임 § 한준만

펴낸곳 § 도서출판 청어람
등록번호 § 제387-1999-000006호
등록일자 § 1999. 5. 31
어람번호 § 제2-2638호

주소 § 경기도 부천시 원미구 부일로 483번길 40 서경B/D 3F (우) 14640
전화 § 032-656-4452 팩스 § 032-656-4453
http://www.chungeoram.com
E-mail § chungeorambook@daum.net

ISBN 979-11-04-90653-4 04810
ISBN 979-11-04-90271-0 (세트)

검자 新무협 판타지 소설

효록

목탁

3

東錚
목탁

第一章
암습자는 누구인가?

"일찍이 월나라의 장인이자 감검사(鑑劍司)인 풍호자의 스승 설촉은 어장검이 독검(毒劍)이라고 감검한 바 있습니다. 그 이유는 다 아시겠지만 어장은 전제(專諸)가 오왕 요(僚)를 찔러 죽일 때 사용했기 때문이지요."

무림인들은 방야호의 명검에 대한 이야기를 듣는 동안 잠시 숙연한 기분이 되었다.

그러나 그렇다고 해서 명검에 대한 마음이 사라진 것은 아니다.

설령 죽음이 코앞에 있다고 해도 명검을 손에 넣고 싶은 것이 무림인들의 마음인 것이다.

"풍호자가 감검한 명검 담로 역시 초소왕(楚昭王)을 죽음으로 인도하였습니다. 담로는 하늘이 내린 검이고 왕자의 검으로 일컬어져, 칼이 있는 나라는 반드시 번영한다 하였으나 실제로는 그와 반대로 나라가 망했습니다."

사실 방야호의 명검에 대한 지식은 그렇게 깊지가 않았다.

무인인 만큼 병장기에 대한 기본 상식은 충분히 있지만 지금 대중 앞에서 늘어놓는 명검 이야기는 조비비가 연회가 열리기 전에 알려준 것이다.

조비비는 감정사 차쌍봉으로부터 명검 어장에 대한 이야기부터 명장 구야자와 그의 제자인 간장과 간장의 부인 막야에 대한 이야기를 들었다.

조비비는 총관, 목탁과 의논한 결과, 명검 이야기를 실체가 없는 허구의 이야기로 규정하고 이대로 묻어버리는 계획을 세운 것이었다.

"잘 알았소. 내게 맡겨주시오."

조비비의 설명을 들은 방야호는 명검에 대한 분란을 잠재운다는 데 흔쾌히 동의하고 자신이 문제를 해결하겠다고 나선 것이다.

총관으로서 세상에 흉흉한 소문이 돌고 그로 인해 피를 뿌리는 혈사가 일어나기 전에 소문을 차단하는 것이 좋다고 판단한 것이기도 하다.

"명검의 역사를 헤아려 보면, 명검을 품으면 천하를 품는다는 것은 낭설에 불과하며 명검이 나타난 뒤에는 반드시 혈겁이 일어났고 세상이 어지러워 졌습니다. 소장은 바로 이점을 우려하고 걱정하는 것입니다."

방야호가 명검 이야기를 하는 동안 목탁은 새삼 조비비의 지혜에 탄복했다.

이 모든 것은 사실 조비비가 명검으로 인한 소란을 가라앉히려고 구상한 것이었다.

목탁은 조비비의 설명을 들으며 고개를 끄덕인 게 다였다.

방야호의 말에 무림인들은 어찌 대응해야 할지 난감해졌다.

낭궁후의 제안으로 51인의 무림수사대를 꾸리긴 했으나 어디까지나 민간 수사대이다.

무림수사대가 살인 사건을 조사한다고 하지만 관부처럼 형사적인 업무처리는 엄밀히 말해서 불법이다.

방야호의 말을 들은 남궁후의 표정이 잠시 일그러졌으나 겉으로는 내색하지 않고 곧 평정을 되찾았다.

그러나 그의 눈동자가 빠르게 돌아가는 것으로 볼 때, 남궁후의 머리는 빛의 속도로 회전하고 있다는 걸 눈치챌 수 있었으리라.

그로서는 명검 어장에 대한 관심을 거두는 건, 결코 쉬운 일이 아니었다.

남궁후는 어떤 구실을 붙여서든 어장에 대한 연결 고리를 만들겠다는 생각뿐이었다.

"으흠"

궁리를 거듭하던 남궁후가 헛기침을 하고 입을 열었다.

"총관께서는 아까 설촉이 어장검을 독검이라고 감검하였다고 말씀하셨지만 전 그렇게 생각하지 않습니다."

모두 전전긍긍하던 차에 총관의 말에 반하는 발언을 하자 모두의 눈과 귀가 남궁후에게로 쏠렸다.

"잘 아시다시피 오왕 요는 나라를 도탄에 빠뜨린 폭군이었습니다. 어장검에 의해 폭군이 죽었으니 어장검은 독검이 아니라 세상의 독을 제거한 새로운 의로운 기상과 희망의 검이라고 봅니다."

"어, 그러네. 살인의 도구로 쓰였지만 악한 왕을 죽인 거잖아. 안 그렇소?"

개방의 장로 소화천이 좌중을 돌아보며 사람들의 동의를 구하는 발언을 하였다.

난궁후의 반론에 무림인들의 얼굴에 돌연 생기가 도는 것을 확연히 느낄 수 있었다.

"에, 그런 이유로……."

분위기를 탄 남궁후는 잠시 뜸을 들이고 말을 이었다.

"어장검으로 인해 악한 정치가 무너지고 세상이 바로 잡혔으니 설촉이 어장검을 독검이라고 감검한 것은 지금이라도 정의로운 검으로 수정되어야 할 것으로 생각합니다."

"맞아! 그렇지. 독검이 아니라 세상을 살렸으니 활검이라 해야 맞는 말이지."

소화천이 박자 맞춰 추임새를 넣으며 남궁후의 발언을 지지하였다.

남궁후의 말에 방야호는 잠시 긴장하는 듯했으나 이내 호쾌한 웃음을 터뜨리며 말을 이었다.

"하하하하! 듣고 보니 일리 있는 지적입니다. 하나 지금은 현군께서 다스리는 태평성대이니 이런 시대에 어장검은 소용이 없을 듯합니다. 무림 명숙들께서는 명검으로 인한 분란은 일체 자제해 주십시오. 명검에 얽힌 살인 사건에 대한 수사는 조정의 녹을 먹고 있는 수군 총관인 내가 책임지고 처리할 터이니, 믿고 맡겨주시길 이 자리에서 강호 제현에게 당부드리는 바입니다."

'이런, 빌어먹을……. 우린 다 빠지라는 수작이잖아.'

개방의 팔결장로 소화천은 입술을 핥아가며 조급한 마음을 달래느라 애썼다.

악천마후 천마천은 별다른 반응을 보이지 않았다. 그저 팔짱을 끼고 눈을 내리깐 채 깊은 침묵을 지켰다.

"아, 물론 벌써 무림수사대가 발족된 것도 알고 있습니다. 우리 쪽에서 수사 진행에 대한 모든 정보를 알려드릴 것을 약속합니다."

방야호는 호기롭게 무림인들의 수사 참여를 약속했으며 정보 제공도 덧붙였다.

그러나 바꿔 말하면 무림인들은 이번 일에 일절 관여하지 말고 물러나서 굿이나 보고 떡이나 먹으란 얘기다. 마땅치 않은 무림인들의 표정을 의식해서인지 방야호는 무림수사대의 참여를 거듭 강조하였다.

"필요하다면 무림수사대와 공동 수사도 검토하도록 하겠습니다. 에 또~ 그리고 이보다 더 좋은 의견이 있으시면 서슴없이 말씀해 주십시오. 수사에 도움이 된다면 얼마든지 환영입니다."

무림인들은 입맛이 쓰긴 하지만 방야호의 말을 반대할 구실이나 명분이 없었다.

말이 좋아 공동 수사지, 방야호는 그 앞에 '필요하다면'이라는 단서를 붙였다.

그건 필요치 않다고 판단되면 언제든지 무림수사대를 내친다는 뜻이 내포되어 있는 것이다.

외견상 무림수사대가 참가한 목탁의 송별연회는 아무 탈 없이 성황리에 끝났다.

정오에 시작된 연회가 마무리된 건 술시 무렵이었다.

내일 아침이면 목탁은 탁상계와 같이 순천부로 떠난다.

조비비는 당분간 수군기지에 머물며 총관이 진행하는 수사에 협조하기로 하였다.

연회가 끝나고 돌아가는 무림인들의 입에선 저마다 소소한 불만이 터져 나왔다.

제일 먼저 가슴 속에 쌓인 불만을 토로한 건 개방의 소화천이었다.

"아무래도 이번 일은 우리가 조비비의 수작에 농락당한 것 같소이다."

"쩝, 어쨌든 총관과 정면으로 맞서긴 어려우니 답답한 일이 됐소이다."

소화천의 말에 녹림 1채주 황천길도 고개를 끄덕이며 아쉬운 마음에 입맛을 다셨다.

그러자 51인 무림수사대의 일원인 공동파의 젊은 무사가 한마디 끼어들었다.

"그래도 수사는 무림수사대와 공동으로 진행키로 했으니 좀 더 지켜보시죠."

"이런, 쯧쯧……. 공동파라 공동 수사한다는 걸 믿는 거요? 순진한 건지 멍청한 건지."

황천길이 핀잔을 주자 공동파의 젊은 무사가 총관이 한 말을 되새겨 주려 했다.

"아니, 아까 총관이 분명히······."

공동파의 젊은 무사가 말을 채 끝맺기도 전에 남궁후가 젊은 무사의 말을 자르고 대안을 입에 올렸다.

"오늘 총관이 한 말로 봐서, 짐작컨대 아마도 무림수사대와의 공동 수사는 없을 겁니다. 우린 속히 다른 방안을 찾아야 합니다."

남궁후의 말에 모두들 고개를 끄덕이며 각자 묘수 풀이하는 표정으로 생각에 골몰하였다. 남궁후는 무림인들의 적극적인 참여와 지지를 끌어내기 위해서 말을 이었다.

"무림수사대와 공동 수사를 한다고 했지만 수사의 총지휘는 보나마나 총관이 할 테고, 어찌어찌해서 명검을 찾는다고 쳐도 황궁에 진상하겠다고 하면 우린 모두 헛물켜는 꼴이 되고 말 겁니다. 밤을 새워서라도 새로운 방안을 찾아야 합니다."

남궁후의 발언에 니파진니는 어쩐지 마음이 편치 않은 표정을 지었다.

"지금은 명검이나 살인 사건보다 우리를 암습한 자들을 찾아내는 게 급선무입니다. 무림의 명문정파를 대놓고 기습하는 자들이 도대체 누구인지, 기습을 한 이유는 또 무엇인지, 그것부터 밝혀내야 합니다. 강호의 소문에 밝은 개방에서는 혹시 짚이는 데가 없으십니까?"

니파진니가 소화천을 바라보자 소화천은 잠시 생각하는듯 하더니 이내 고개를 저었다.

"본 장로도 이번의 암습은 전혀 예상 밖의 일이라 도무지 짐작되는 곳이 없습니다."

그러자 녹림 1채주 황천길이 모두 들으라는 듯이 목소리를 높여 말했다.

"우리 녹림채가 창연대에 같이 있었고 수로에서 같이 암습을 당했기에 망정이지, 만일 그 자리에 없었다면 보나마나 무림인들은 우리부터 의심하고 나섰을 것이오. 나는 평소에 우리를 질시하여 곤궁에 빠뜨리려는 정파를 자처하는 무리 중에 암습자들을 보낸 문파가 있을 것이라 생각하오."

황천길의 말은 억측이 아니었다. 실제로 수로에서 앞선 배들이 물에 빠졌을 때, 몇몇은 멀쩡한 수적선을 의심하기도 했었다.

"세상에 이름을 낸 문파 중에 감히 무림맹과 척을 지고 녹림과 마교까지 암습할 문파가 있을까……. 나는 그것이 정말 궁금하오. 이건 어디까지나 내 추측이지만, 예전부터 정파라며 정의를 부르짖는 무림맹에서 혹시 우리 녹림 18채를 음해하기 위한 음모가 아닌가 하는 의심도 하고 있소."

황천길의 말에 냉혈마제 벽혈무가 고개를 저었다.

"그건 1채주의 지나친 의심이야. 무림맹이 30년 전에 간계를 꾸며서 마교를 궁지로 몰아넣은 건, 그때 마교에 백옥으로 만든 천하 최고의 보물인 백옥불이 있다는 소문 때문이었지. 지금 우리 녹림채엔 무림맹이 탐낼 만한 보물에 대한 소문이 없어."

노골적으로 무림맹을 비아냥거리는 말에 남궁후가 불쾌한 기색을 감추지 않았다.

"30년 전에 마교가 궁지에 몰린 건, 그들이 소림사의 백옥불을 훔쳤기 때문이죠."

"크크, 마교의 본부를 쳤을 때, 백옥불을 훔쳤다는 증거가 있었던가?"

남궁후의 말을 백혈무가 코웃음 치며 되물었다.

불심 깊은 황제가 무게 천 관짜리 백옥을 불상으로 만들어 소림사에 보냈는데, 그 백옥불을 누군가 훔쳐 간 것이다.

백옥불의 행방이 묘연한 가운데, 그 불상이 마교에 있다는 소문이 강호에 파다했다.

황궁과 무림맹은 백옥불을 찾는다는 구실로 마교 총본산을 풍비박산 내버렸다.

"마교에서 백옥불을 어딘가 깊숙이 숨겨두어서 찾아내지는 못했지만, 모든 정황상 마교가 훔친 건 강호에 명백한 사실로 알려진 일입니다."

"크크, 물증 없이 심증만으로 범인 만드는 게 무림맹의 주특기인 모양이군."

"무림맹을 모욕하지 마시오!"

언쟁이 격화되고 과거의 일로 논쟁이 벌어지자 니파진니가 나서서 주의를 환기시켰다.

"아아, 자중합시다. 물증 없이 추측만으로 상대를 핍박하거나, 과거의 일과 오늘의 사태를 혼동하여 일을 어렵게 만들지 맙시다."

창연대에 오지 않은 문파 중에 강력한 문파는 북해의 빙궁과 남해의 해궁, 그리고 살수집단인 흑표단과 정체를 잘 드러내지 않는 하오문의 비밀 암살단이 전부이다.

물론 전체를 통틀어 가장 강력한 무력집단은 황궁의 금의위지만, 황궁을 섣불리 의심의 대상에 올려놓을 수는 없는 일이다.

그러나 강호의 정세에 밝고 경험이 풍부한 노장과 무림인들은 은연중 황궁 쪽으로 의심의 눈초리를 겨누고 있었다.

그 이유는 무엇보다 암습자들이 정사를 가리지 않고 공격했다는 것과 그들이 신출귀몰한 조직력을 과시했기 때문이다. 충분히 의심해 볼 만하지만 아직 아무도 황궁을 입에 올리지 않는 것은 그만큼 두려운 일이기 때문이다.

만에 하나, 황궁이라면 무림으로선 강담키 어려운 일이기 때문이다.

*　　　　*　　　　*

연회를 마치고 연회장 정리가 끝나갈 즈음 죽립을 쓴 사내 하나가 조비비를 찾았다.

죽립을 쓴 사내는 광대뼈가 불거지고 마르고 키가 컸으며 허리에 검을 차고 있었다.

사내는 품에서 손바닥 크기의 푸른 비단 주머니를 꺼내어 조비비에게 전했다.

"부용루의 루주께서 이걸 대주님께 전하라고 하셨습니다."

푸른 비단 주머니를 열자 황금 열 냥짜리 금괴가 나왔다.

"어? 이 금괴는……?"

목탁과 추대평은 자신들이 매사냥꾼에게 건넸던 열 냥짜리 금괴를 떠올렸다.

조비비는 손에 쥔 금괴를 목탁에게 건네고 죽립을 쓴 사내에게 물었다.

"부용루주에게서 다른 말은 없었나요?"

"언덕 위는 보는 눈이 있다고 칠교 앞 여인객잔(旅人客殘)으로 가라고 하셨습니다."

"수고했어요. 그리로 가죠."

죽립을 쓴 사내가 묵례를 하고 돌아서자 추대평이 자신의 추리를 펼쳤다.

"형, 도망친 매사냥꾼을 잡은 모양이야. 이거 형이 준 금괴 맞지?"

"글쎄, 그런 것 같긴 한데…… 아닐 수도 있어. 금괴에 이름을 새겨 놓은 건 아니니까."

세 사람은 총관에게 연회 뒷정리를 해야 한다는 핑계를 대고 서둘러 객사를 빠져나왔다.

포구 근처, 후미진 곳에 있는 칠교 앞 여인객잔은 외지에서 들어온 뜨내기나 막노동꾼을 상대로 소면과 만두, 잠자리를 제공하는 곳이었다.

손님 태반이 기녀들과 노동자, 부랑자들로 밤낮없이 문이 열려 있는 가난한 이들의 안식처였다.

여인객잔은 천하에 보기 드문 구척장신의 여자와 그 반 토막인 남편이 꾸려가고 있다.

"초패왕 항우가 여자로 환생했다!"

구척장신인 그녀를 처음 본 사람들은 모두 그렇게 말했다.

여자는 남자보다 덩치가 훨씬 큰 것은 물론 힘도 엄청난 장사였다.

상대를 가리지 않고 육두문자로 욕을 날리는 건 다반사고 수틀리면 상대가 사내라도 주먹질, 발길질을 서슴지 않았다.

"뭘 째려봐? 기분 나쁘면 덤벼!"

그녀는 우격다짐과 막무가내 초식의 달인으로 말보다 주먹으로 해결하길 좋아했다.

"싸워도 될 걸 왜 말로 해?"

사람들은 사납고 욕 잘하는 그녀를 항주의 여걸, 항주의 암호랑이라고 불렀다.

그녀가 빚는 만두는 모양이 형편없고 맛은 더 형편없었지만, 값이 싸고 양이 많아서 가난하고 허기진 손님이 심심찮게 찾아들기는 했다.

욕 잘하고 사납던 그녀가 부드럽게 변한 건 벌써 15년 전이다.

그녀가 부드러워진 이유는 한 남자, 그러니까 지금의 남편 때문이라고 할 수 있는데, 참 어울리지 않게도 그녀의 남편은 딱 그녀 덩치의 절반 정도 크기였다.

구척장신의 여자는 두 사람이 처음 만난 날 반 토막에게 홀딱 반했다고 하는데, 첫눈에 넋이 나간 건 아니고 남자의 당당한 태도에 빠져든 그녀가 먼저 청혼을 했다고 한다.

지금은 그녀의 남편인 반 토막이 여인객잔에 나타난 건, 15년 전 어느 가을날 비 내리는 저녁이었다.

그날 반 토막 남자는 여인객잔에 여장을 풀고 묵게 되었다.

허기진 배를 달래려 만두를 주문했던 반 토막 남자가 여인객잔의 구척장신 여인에게 만두 접시를 내밀고 말했다.

"이걸 만두라고 말할 수 있소?"

"만두가 아니면 뭐라는 거죠?"

"이게 만두라면 파리가 새요."

"그게 무슨 헛소리야?"

"이게 만두라면 병아리가 봉황이 되고 지렁이가 용이 된단 말이오."

"뭔 귀신 씨나락 까먹는 소리야?"

반 토막은 여자 코앞에 바짝 만두 접시를 들이댔다.

"이게 만두라면 만두에 대한 모독이오!"

말투로 보아 뭔가 시비를 건다고 판단한 여자는 곱게 충고했다.

"얌전히 처먹든지 먹기 싫으면 말아."

"먹고 싶은데 먹을 수가 없소."

"배가 아직 덜 고픈 게지."

"배는 고프오."

"그럼 곱게 처먹어."

"객잔이면 사람이 먹을 걸 줘야지, 개도 안 먹을 걸주면 되겠소?"

"뭐야? 그럼 만두를 먹고 있는 저 사람들이 개만도 못하다는 거야?"

여자가 언성을 높이자 객잔 안의 사람들 시선이 몰렸다.

반 토막의 말 한마디에 객잔에서 만두를 먹고 있는 사람들은 졸지에 개도 안 먹는 걸 먹고 있는 꼴이 되고 말았다.

반 토막 사내는 아무래도 일반인보다는 입맛이 좀 까다로운 모양이다.

"손님에게 하대를 하고 그리 불친절하면 되겠소?"

"불친절한 게 싫으면 나가!"

"잘못된 걸 지적하면 반성할 일인데, 참으로 무례하오."

반 토막은 물러서지 않고 여자를 나무랐다.

여자는 이 사내가 맘에 들었다.

'이놈! 배짱 좋네. 맘에 들었어.'

지금까지 음식 맛이 없다는 말은 숱하게 들었다.

먹성 좋은 그녀에겐 음식을 양으로 판단하지 맛으로 평가하는 습성은 없었다. 그리고 그녀 앞에서 대놓고 불평하는 이도 없었다.

간혹 있더라도 눈을 부라리고 욕질을 해대면 곧바로 꼬리를 내렸다.

사실 워낙에 싼 가격이라 손님들도 특별히 맛을 따질 형편은 아니었다.

"욕을 처먹을 테냐? 주먹맛을 볼 테냐?"

그런데 지금 이 사내는 따지고 있다.

아니, 따지는 걸 넘어서 자신을 야단치고 있다.

하지만 괜히 기죽기 싫어서 호기를 부리는 것일 수도 있다.

'괜히 까부는 놈이면 분질러 버리겠어.'

진짜 사내인지 검증을 하려면 무력을 행사해 봐야 한다.

여자는 이마에 내 천(川)자를 그리며 한 손으로 반 토막의
멱살을 잡고 들어 올렸다.

"난 말 많은 놈들은 일단 패대기치고 봐."

"허, 고약하구먼. 무례한 걸로도 모자라 이젠 행패까
지……."

여인의 손에 멱살 잡혀 허공에 들린 반 토막은 낯빛 하나
변하지 않고 무례한 여자의 잘못을 지적하였다.

"잘못한 일을 지적받으면 의당 반성하고 사과부터 해야지,
어찌 폭력을 행사하려 하는가?"

사내가 도리를 따졌지만 여인은 안하무인격으로 침을 찍
내뱉었다.

"흥! 맞는 게 억울하면 관아에 고발을 하시든가. 퉤!"

구척장신의 여자가 콧방귀를 날리며 팔을 휘둘러 반 토막
을 힘차게 집어 던졌다.

아니, 집어 던지기를 시도했으나 반 토막은 멱살을 잡힌 채

여전히 여자의 손에 붙어 있었다.

"에잇! 이이익!"

거구의 여자가 아무리 그를 떨쳐 내려 해도 여자의 손목을 잡은 반 토막의 손은 꿈쩍도 하지 않았다.

몇 번 팔을 흔들어 보던 구척장신의 여자는 뭐가 기분이 좋은지 환하게 웃으며 반 토막의 뺨을 두툼한 입술로 힘차게 빨았다.

"쭈욱! 반 토막, 나랑 같이 삽시다."

반 토막도 그녀가 마음에 들었는지 그날 이후로 계속 여인 객잔에 머물렀다.

반 토막은 그동안 현상금 사냥꾼으로 강호를 떠돌며 살아 왔다고 했다.

"항주에는 숨어 사는 범죄자가 많으니 할 일이 많을 거예요."

여자는 항주에서 반 토막이 할 일을 이것저것 일러주었다.

현상금 사냥꾼답게 반 토막은 범죄자의 심리를 잘 알았다.

그리고 여인객잔에 오는 자들은 대부분 지척에 범죄자들이 많은 자들이었다.

반 토막은 얼마 지나지 않아서 항주 최고의 해결사로 소문이 났다.

떼인 돈 받아 줍니다!
체불 임금 해결 전문!
각종 심부름 대행 전문!
사람 찾기 전문!
일용잡부, 구인구직!
대역 전문!

반 토막은 여인객잔에서 표면적으로는 합법적인 업무 위주
로 운영을 했다. 그러나 일의 특성상 진행하다 보면 불법과 합
법 사이를 넘나들 수밖에 없다.

반 토막은 준법정신이 투철하지만 탈법 정신도 넉넉히 갖췄
다. 중요한 건 돈이 되는 일인가, 아닌가였다.

'발각되지 않는 불법은 불법이 아니다.'

반 토막은 구속받는 성격이 아니어서 돈 되는 일이면 뭐든
지 다했다. 그리고 높은 수익은 대부분 불법 쪽에서 발생하는
게 업무의 특징이기도 했다.

절찬리에 진행되는 업무는 대부분 비밀 유지를 요하는 은
밀한 업무였다.

미행 전문!
비밀 잠입 임무 수행!

변장 요원 파견 가능!

폭력 예방 및 신변 경호!

요인 감시 및 신체 구속!

폭력 사주 및 살인 청부에도 그가 연관이 깊다는 소문도 있기는 하다. 하지만 공개적으로 드러나 세상을 시끄럽게 한 사건은 지금까지 한 건도 없었다.

반 토막의 강점은 누구보다 신속하고 정확한 정보망을 곳곳에 확보해 둔 점이다.

그는 개방 출신으로 개방의 정보망을 적절히 활용하였고 뒤로는 하오문과의 연계로 누구보다 빨리 필요한 정보를 손에 넣었다.

그래서 칠교 앞 여인객잔은 다양한 청부객들로 항상 문전성시를 이뤘다.

칠교 앞 여인객잔은 반 토막이 온 이후로 번성하여 운하 변에 여러 채의 건물을 객잔으로 사용할 만큼 규모가 커졌다.

*   *   *

목탁 일행이 칠교 앞 여인객잔에 들어선 건 해시가 반 시진 정도 지난 시각이었다.

"부용루주가 이리로 가라고 하더군요."

"기다리고 있었습니다."

조비비의 말에 안내 창구의 점소이가 일어나 앞장을 섰다.

목탁 일행은 건물 안의 복잡한 복도를 점소이의 안내에 따라 한참을 걸었다.

복도를 돌고 돌아 지하로 내려가는 계단 끝에 다다르자 육중한 철문이 나왔다.

끼드드, 덜컹!

철문이 열리고 안으로 들어선 목탁 일행은 흠칫하며 눈살을 찌푸렸다.

전신이 피범벅이 된 사내 하나가 의자에 묶여 있었다.

다가가서 살펴보니 매사냥꾼은 아니었다.

그런데 어딘가 낯익은 얼굴인 것은 분명했다.

'어디서 봤더라……?'

목탁은 잠시 생각을 더듬다 그를 기억해 내고 속으로 '헉' 하고 비명을 삼켰다.

조비비가 목탁의 표정을 살피며 물었다.

"아는 사람인가요?"

"우리를 매사냥꾼에게 안내했던, 가마우지로 물고기를 잡는 어부입니다."

"이 사람이 왜 잡혀 온 거죠?"

"글쎄요. 그건 나도 잘 모르겠습니다."

"이봐요. 무슨 일이죠?"

조비비가 점소이를 돌아보자 그도 고개를 저었다.

"저는 잘 모르는 일입니다. 곧 분타주께서 오실 겁니다. 분타주께 물어보세요."

점소이는 고개를 숙여 보이고 곧바로 철문 박으로 사라졌다.

잠시 뒤, 반 토막이 짧지만 빠른 걸음으로 계단을 내려와 지하실로 들어섰다. 좀 전에 사라졌던 점소이가 그 옆에 서서 반 토막 사내를 소개했다.

"개방 항주 분타주님이십니다."

반 토막의 허리춤엔 개방의 소속과 지위를 나타내는 일곱 매듭이 있었다.

반 토막이 점소이에게 뭔가 지시를 내렸다.

"넌 가서 속히 찾아 보거라."

"예, 분타주님."

점소이가 대답을 하고 나가자 반 토막이 자신을 다시 소개했다.

"창연루 루주를 뵙게 되어 영광이오. 나는 항주의 개방 분타주 피연철이라 하오."

"아, 분타주님에 대한 말씀은 많이 들었어요. 그런데 저 사람은 왜 저리된 거죠?"

조비비가 피떡이 된 채 축 늘어져 있는 남자를 가리켰다.

"매사냥꾼을 수소문하다 보니 저자가 그를 만났더군요."

"그건 우리가 그에게 매사냥꾼 소개를 부탁해서 그런 겁니다."

목탁이 나서자 피연철이 고개를 끄덕였다.

"저자의 입을 통해서 앞선 이야기는 다 들었습니다. 저자는 우리 아이들이 정보를 듣고 찾아갔는데 모른다고 발뺌을 하고 매우 당황했다고 합니다. 그래서 뭔가 있다고 판단하고 모셔와 좀 주물렀지요. 결정적인 건 저자의 품에서 금괴가 나온 것입니다."

"금괴에 대해서 뭐라든가요?"

"언덕 위에서 주웠다는데, 매사냥꾼이 금괴를 버리고 사라졌을 리는 없으니… 짐작컨대 저자가 매사냥꾼을 죽이고 금괴를 챙긴 걸로 생각됩니다만……."

"그럼 매사냥꾼의 시신은……?"

"나도 더 이상은 모릅니다. 저자가 혀를 깨물고 자진을 해버려서."

가마우지 사냥꾼이 스스로 자진을 한 것인지 끌려와서 매를 맞고 죽은 것인지 확인할 길은 없으나, 지금 숨 쉬지 않는 것만은 분명했다.

목탁은 반 토막, 개방 분타주 피연철의 설명에 대해 의문을 제기하진 않았다.

조비비의 계책으로 전서구 건을 해결한 목탁은 자신 때문에 매사냥꾼이 죽었다고 생각했다.

목탁은 그의 가족에게라도 보상을 해야겠다고 결심했다.

"혹시 매사냥꾼의 가족을 찾을 수 있을까요?"

"이곳에 그의 가족이 있다면 찾는 건 문제없습니다."

"매사냥꾼의 시신을 찾아야 장례라도 치러줄 텐데……."

목탁은 매사냥꾼의 가족에게라도 최대한의 성의를 보이고 싶었다.

"가족을 찾는 데 시간이 얼마나 걸릴지……?"

"시신을 찾는 걸 의뢰하신다면 시신을 찾는 대로 같이 알려드리죠. 여기서 편히 쉬면서 기다리세요."

목탁의 말을 의뢰로 받아들인 반 토막은 시신을 찾을 때까지 친절하게 편안한 휴식을 제의했다.

"아니, 난 곧 어디를 좀 가야 해서……."

목탁이 서둘러 사양의 뜻을 알리는 바로 그때, 아까 안내를 한 점소이가 두루마리를 가져와 반 토막에게 내밀었다.

반 토막은 받아 든 두루마리 종이를 펼쳐 보고 목탁을 힐긋 보더니 씨익 웃었다.

무슨 일인지 영문을 모르는 목탁도 그를 보고 씨익 웃어주었다.

조비비는 미처 반 토막의 웃음을 보지 못했다. 그녀는 목탁 대신 자신이 매사냥꾼 가족을 찾아서 사례를 할 생각으로 말했다.

"목 대협은 아침에 떠나셔야죠. 뒷일은 모두 제가 알아서 처리할게요."

"일 처리는 저희가 다 합니다. 세 분은 푹 쉬세요."

조비비의 말을 반 토막이 비집고 들어왔다. 반 토막의 태도는 겉보기엔 공손했지만 말은 어딘가 좀 딱딱했다.

반 토막의 차가운 말에 추대평은 본능적으로 팔에 소름이 쭉 돋았다.

第二章
독 안에 든 쥐

추대평은 무공을 모르지만 살기를 감춘 고수들에 대한 직감은 누구보다 빨랐다.

뭐라고 말할 순 없지만 반 토막이 뭔가 흉계를 꾸몄거나, 자신들을 노린다는 위기감이 든 것이다. 그것은 추대평이 약육강식의 세계에서 살아남기 위해 위기를 직감하는 본능이 발달한 탓이기도 하다.

추대평은 목탁 곁에 바짝 붙어서며 옷소매를 슬며시 잡아끌었다.

그러나 목탁은 반 토막에 대해서 위험을 느끼지 못하는지 태평스런 모습이었다.

"하하하! 저도 객잔에서 편히 쉬고 싶지만 움직여야 할 일이 좀 있습니다."

조비비는 방금 전 반 토막이 한 말에 살짝 불쾌한 기분이 들었지만 내색하진 않았다.

어쨌거나 지금은 목탁과 속히 이곳을 나가는 게 상책이라는 생각이 들었다.

조비비는 공적인 업무를 내세워 자리를 피하려 했다.

"목 대협은 공무가 있어서 가셔야 합니다."

"하하하! 저도 공무가 있어서 쉬라고 한 것입니다."

조비비가 공무를 내세우자 반 토막도 공무를 내세웠다.

"공무라니, 무슨 뜻이죠?"

조비비가 고개를 갸웃하며 되묻자 반 토막이 펼친 두루마리의 그림을 보여주었다.

"여기 현상 수배범의 용모파기가 눈에 익지 않습니까?"

반 토막의 손에 들린 용모파기를 본 조비비의 눈이 커질 대로 커졌다.

용모파기의 주인공은 바로 목탁이었다.

목탁이 자신이 아니라고 부인하기에는 너무나 똑같았다.

"나는 범죄자들을 체포하여 관부로 넘기는 일을 업으로 삼고 있소."

자신을 개방 항주 분타주 피연철이라고 소개한 반 토막은, 목탁의 용모파기를 목탁과 조비비 눈앞에 들이대며 의기양양한 목소리로 자신이 공무 집행 중임을 알렸다.

그제야 목탁은 죽립을 쓴 사내가 조비비에게 매사냥꾼에게 준 금괴를 보낸 것이 자신들을 불러들이려는 계략이라는 것을 알았다.

그러나 목탁은 굳이 이 자리를 피하거나 용모파기의 얼굴이 자신이 아니라고 부인할 생각은 없었다.

"맞습니다. 내가 바로 그 용모파기의 장본인입니다."

"하하하! 남자답게 순순히 인정하니 얘기가 쉽구먼. 오늘 밤은 여기서 푹 쉬고, 날이 밝으면 나와 같이 관부로 갑시다."

반 토막이 관부 동행을 청하자 목탁이 자신의 입장을 해명하고자 했다.

"내가 현상 수배범인 건 사실이오. 인정합니다. 그러나 난 제독의 명으로 내일 아침이면 황궁에 보고하러 떠나야 합니다."

"하하하! 이야기 들었소이다. 난 이미 수군기지의 송별연 소식도 잘 알고 있소. 그리고 창연대의 붕괴와 수로에서의 암습 사건도 이미 다 얘기 들었소. 그뿐만 아니라 개방의 오결 제자로부터 당신의 무공이 고강하다는 것도 전해 들었소."

반 토막은 이미 모든 정보를 훤하게 꿰고 있었다. 그러나 목탁의 무공이 고강한 걸 알면서도 반 토막은 조금이라도 두려워하거나 조심하는 말투가 아니었다.

그것은 반 토막이 자신의 무공에 그만큼 자신이 있고, 만일 목탁과 무력을 다툰다고 해도 목탁을 제압할 확실한 대비가 되어 있다는 뜻이기도 하다.

반 토막의 당당한 모습은, 직접 말하진 않았지만 목탁과 추대평에겐 이렇게 말하는 것처럼 느껴졌다.

'내 앞에서 허튼짓 마라. 까불면 죽는다.'

그런 느낌에 추대평은 으스스한 한기가 느껴졌다.

잠시 무언가 생각에 잠겼던 조비비의 눈이 반짝였다.

"분타주께서 현상금 몇 푼 때문에 이러시는 것 같진 않은데, 원하는 걸 말씀하시죠."

"하하하! 역시 창연루주는 소문대로 판단도 빠르고 협상에도 능한 것 같소이다."

반 토막은 지금의 상황이 매우 즐거운 듯 눈에 생기가 돌았다. 그러나 그 생기는 쥐를 구석에 몰아넣은, 여유 있지만 빈틈없는 고양이의 살기였다.

초조한 기색을 보이는 조비비와 달리 목탁은 긴장한 기색 없이 느긋한 모습이었다.

"아, 잠깐, 비비, 난 아무것도 협상하지 않을 겁니다."

목탁은 타짜 이삼사의 감으로 협상을 거부하고 나섰다.

협상이란 건 상대의 패를 알아야 제대로 할 수 있는 법이다. 상대의 요구 조건이 뭔지 알기도 전에 협상에 응하면 무조건 불리한 협상이 될 게 뻔하기 때문이다.

조비비는 목탁의 말에 깜짝 놀라며 손으로 목탁의 팔을 잡아끌었다.

"목 대협, 관부로 가면 일이 복잡해집니다. 황궁에 가는 일이 어긋날 수도 있어요."

"괜찮습니다. 어차피 부관대리 탁상계가 황궁에 가면 황제 폐하로부터 예전에 제가 지은 죄과에 대한 사면과 복권을 받아오게 되어 있습니다."

반 토막은 목탁이 당당하게 나오자 곧바로 본론으로 들어갔다.

"내가 원하는 건 명검 어장과 살인 사건에 대한 수사를 무림수사대가 하는 것이오."

머릿속으로 돈 계산을 하던 조비비는 반 토막의 요구 조건이 납득되지 않았다.

반 토막이 돈 되는 일은 무엇이든지 한다는 소문은 익히 알고 있던 터였다.

그래서 반 토막이 당연히 돈을 요구할 것으로 예상했는데 예상이 빗나갔다.

"우리 개방의 소화천 팔결장로께서 명검을 원하고 계시오."

소화천이 명검을 탐하는 것은 충분히 이해가 가는 일이었다. 그러나 제독이 말한 수사를 무림수사대로 되돌리는 건 쉽지 않은 일이다.

"명검은 드리고 싶어도 수중에 없습니다. 그리고 수사는 우리 소관 밖이라서 우리가 어찌할 사안이 아닙니다. 수사에 대한 주문은 무림수사대에서 나온 건가요?"

조비비가 되묻자 반 토막이 손을 내저었다.

반 토막은 표정 없는 얼굴로 느릿하게 말했다.

"음~ 명검이 없다면 아무도 여기서 못 나갑니다."

명백한 협박에 추대평은 몸을 움찔거렸고 조비비는 가늘게 한숨을 쉬었다.

"후우~ 명검은 처음부터 실체가 없는 허구였습니다."

"명검이 허구라면 그 허구를 만들어낸 실체는 있을 터, 그 실체를 밝히시오."

반 토막은 생각보다 모든 걸 깊이 꿰뚫고 있었다.

조비비는 자신의 과거를 굳이 숨길 이유가 없다고 생각했다.

"나는 세상에 알려진 대로 창연루의 얼굴 주인입니다. 창연루의 실제 주인이 누군지는 나도 몰라요. 내가 상대한 건 언제나 대리인이었으니까요. 명검에 대한 일은 모두 대리인의 지시로 이뤄진 일이에요."

조비비의 말에 반 토막의 눈에 살광이 번득거렸다.

"살길을 일러줬는데 굳이 모른다며 죽기를 고집하니… 참 답답하외다."

그 순간, 목탁은 반 토막이 뭔가 숨기고 있다는 생각이 들었다.

돈을 원하는 것이 아니고 조비비가 실제 창연루의 주인이 아니라는 것도 알고 있다면 이렇게 자신들을 겁박할 이유가 없다고 생각했다.

'내가 모르는 뭔가 있다는 얘기네.'

목탁은 지금이 반 토막을 콕 찔러 볼 때라는 느낌이 들었다.

"당신한테 우리를 유인하라고 요구한 자가 있을 터, 그자의 정체를 나에게 말하는 게 당신이 살길이오."

"……!"

목탁의 느닷없이 허를 찌르는 말에 반 토막의 얼굴이 심하게 일그러졌다.

"크하하핫! 적반하장도 유분수지. 자네가 지금 감히 날 협박하는 건가?"

목탁을 노려보며 소리치던 반 토막이 재빨리 뒤로 한 걸음 물러서며 손뼉을 쳤다.

짝짝!

철커덩! 텅!

박수 소리와 거의 동시에 지하실의 천장에서 쇠창살이 단숨에 내려와 목탁 일행과 반 토막 사이를 갈랐다.

졸지에 목탁 일행은 꼼짝없이 철창에 갇힌 모습이 되었다.

팔뚝 굵기의 쇠창살은 주먹 하나가 겨우 들어갈 정도로 촘촘했다.

쇠창살을 사이에 둔 반 토막이 득의만만한 표정으로 목탁을 비웃었다.

"자, 이제 그 안에서 어쩔 셈인가, 목 대협?"

반 토막이 냉소를 흘리며 비웃어도 목탁은 표정 하나 변치 않고 반 토막을 압박했다.

"개방 분타주 피연철! 지금부터 반 시진 여유를 주겠소. 그 안에 우리를 유인토록 부탁한 자를 말하면 당신이 살 것이고, 말 안 하면 당신은 죽을 것이오."

철창 안에 갇힌 목탁의 여유를 반 토막은 단순한 허세라고 보았다.

"푸하핫! 독 안에 든 쥐가 되고도 큰 소리구나. 좋다! 나도 똑같이 너에게 반 시진의 여유를 주마. 명검 어장의 행방을 말하고, 살인 사건을 무림수사대가 수사하도록 할 것! 반 시진 내에 두 가지 사안에 대한 답을 듣지 못한다면, 아마도 누군가 죽게 될 텐데……. 그게 누군지 기다려 보자꾸나."

반 토막은 팔짱을 낀 자세로 버티고 서서 목탁을 쏘아보았다.

그러자 목탁은 혀를 차고 반 토막을 지그시 내리 깐 눈으로 보며 거만한 말투로 말을 뱉었다.

"쯧쯧, 혼자만 잘난 줄 아시네. 난 아침이면 황궁으로 가야 할 몸이라 방야호 수군총관에게 잠시 여인객잔에 다녀오겠다고 했고, 반 시진 내에 소식이 없으면 총관이 수군 기찰대를 보낸다고 했으니 이따가 총관을 뵈면 잘 설명해야 할 거요. 잠시 내가 수군 객사의 귀빈인 걸 잊었나 본데, 참고로 루주는 총관과 각별한 친분이 있다는 것도 알아두시오."

목탁이 태연자약하게 총관을 거론하자 조비비가 박자를 맞추었다.

"총관님은 화끈한 성격으로 유명하시니까 한 번 화끈하게 체험해 보세요."

반 토막의 얼굴에 대략난감과 심각한 갈등, 깊은 고뇌가 교차하고 어우러졌다.

이미 개방 수하들의 보고를 들어서 목탁이 황궁에 가는 것, 조비비가 총관을 모시고 연회를 연 것을 반 토막 자신도 뻔히 알고 있는 일이다.

수군 기찰대 출동은 살짝 거짓의 기색이 느껴지지만, 수군 기지 총관을 상대로 섣불리 모험을 감행할 수는 없는 노릇이다.

만약 수군기지 총관에게 잘못 보이면, 어쩌면 항주에서 여인객잔 사업은 막을 내려야 할지도 모르는 일이다.

목탁을 유인한 건에 목숨을 걸 만큼 막대한 이익이 걸렸다면 모르지만, 잠시 수판을 튕겨 봐도 그런 정도의 이익은 없는 일이다. 그렇다면 당연히 지금은 괜한 호기를 부릴 때가 아니라는 판단이 내려진다.

"하하하! 매사는 확실한 게 좋지 않소? 혹시라도 뭔가 숨기는 게 있는지 잠시 떠본 것이니 목 대협은 이 일로 너무 노여워 마시오."

"하하하! 노여울 거야 없지요. 아직 반 시진 여유는 있소이다. 수군기지에 가서 수사를 받기 전에 지금 나에게 의뢰인에 대해서 말하는 게 좋을 것이오. 수군 총관께서 명검 살인 사건을 수사하는 건 잘 아실 테고, 누군가 불순한 의도를 갖고 총관의 수사를 훼방하려는 것이라면 당연히 총관께서도 아셔야지요."

반 토막이 감 잡고 꼬리를 내렸지만 목탁은 이대로 물러설 기세가 아니었다.

'이런 젠장!'

반 토막은 방금 전까지 자신이 칼자루를 잡고 있다고 생각했는데, 졸지에 칼날이 자신의 목을 겨누고 있는 모양새가 되었다.

반 토막은 미처 생각지 않았던 사태에 전전긍긍하며 진땀을 흘리기 시작했다.

지금까지 자신이 청부받은 일은 어떤 일이든 실수 없이 완벽하게 처리했다.

그런데 지금은 청부자를 밝히지 않으면 자신이 위태로운 상황이 된 것이다.

만일 스스로 청부자를 밝히면 자신의 명성과 여인객잔의 신뢰도에 흠이 생긴다.

그럴 수는 없다. 그동안 어떻게 쌓아올린 명성과 신용인가?

일단은 배짱으로 버텨야 한다는 생각에 반 토막은 평소의 소신을 밝혔다.

"운영 원칙상 목에 칼이 들어와도 청부자를 내 입으로 말할 수는 없소."

"하하! 신용이 생명이니 그 점은 나도 이해합니다. 나도 굳이 청부자의 이름을 입으로 말하라는 건 아니오."

강경했던 목탁이 의외로 부드러운 말로 나오자 반 토막의 얼굴이 밝아졌다.

스스로의 원칙과 대외적인 신용을 지켰다는 자부심에 어깨가 으쓱하고 뻐근해졌다.

'흐흐, 역시 남자는 배짱이지.'

그러자 목탁이 다가와 허리를 숙이고 반 토막의 귀에 대고 나직하게 속삭였다.

"자, 말하는 대신 그자의 이름을 내 손바닥에 써주시오."

목탁이 환하게 웃으며 그의 가슴 앞에 손바닥을 펼쳐 놓자 반 토막은 난감해했다.

목탁이 반 토막의 어깨를 손등으로 두어 번 가볍게 두드려 재촉해도 반 토막은 좀처럼 움직이지 않았다.

쿡쿡!

이번엔 목탁이 손가락을 세워 반 토막의 가슴을 가볍게 찔러댔다.

"하아~"

한참을 망설이던 반 토막이 한숨을 길게 내쉬더니 이윽고 목탁의 손바닥에 빠르게 누군가의 이름을 휘갈겼다.

빈 손바닥을 바라보던 목탁은 고개를 갸웃하고, 반 토막을 빤히 쏘아보았다.

반 토막이 다시 누군가의 이름을 쓰자 목탁의 표정이 복잡 미묘해졌다.

어쨌거나 반 토막은 자신의 소신대로 자신의 입으로 청부자의 이름을 말하지 않았고 목탁은 원하는 걸 얻었다.

여인객잔에서 나와 한참을 걸어오고 나서야 추대평이 안도의 한숨을 내쉬었다.

"아, 진짜 아까는 뒈지는 줄 알고 오줌 지렸네."

"자식, 쫄기는. 황제를 알현할 군사를 감히 누가 건드려?"

"형이 진짜 수군 군사라면 나도 목에 힘주지. 하지만 해적 군사니까 오줌을 지리지. 참, 아까 그 반 토막이 형 손에 뭐라고 쓴 거야?"

"알려고 하지 마라. 다친다."

"목 대협, 손 좀 줘보세요."

느닷없이 조비비가 목탁의 손을 요구했다.

목탁이 손을 내밀자 조비비가 목탁의 손바닥에 손가락으로 글을 한 자 썼다.

목탁은 흠칫 놀라는 얼굴로 조비비의 얼굴을 보았다.

"비비가 어떻게……?"

"맞나 보군요. 그동안 여러 가지로 생각해 봤는데, 아무래도 그쪽이 아닌가 싶어서……."

손바닥에 쓴 이름

수군기지 객사로 돌아오는 길에 조비비는 그동안 자신이 추리한 걸 바탕으로, 조정과 강호의 이야기들을 짜깁기하여 목탁에게 들려주었다.

"목 대협은 황궁에 가보신 적 있나요?"

"아니요. 없습니다. 머리털 나고 처음 가는 거죠. 비비는 가

봤어요?"

"아니요. 저도 이야기로만 들었어요. 하지만 다녀온 사람들이 자랑하느라고 하도 자세히 이야기해서 마치 눈으로 본 것처럼 환하답니다."

"내가 잘 들어보고 가서 맞는지 틀리는지 확인해 보겠습니다."

"좋아요. 무슨 이야기부터 할까요?"

"황궁과 관련된 거면 뭐라도 좋습니다."

"그럼, 친군지휘사 이야기부터 해볼게요."

"친군지휘사가 뭐죠?"

"20여 년 전, 황성과 수도의 호위를 위해 설치한 금위군과 의란사를 폐하고 친군지휘사(親軍指揮司)를 설치했어요. 황가와 혈연관계가 있는 도독(都督)을 장관으로 두고, 남북의 진무사(鎭撫司)를 14소(所)로 통합했지요."

목탁은 무림은 물론 황궁의 일에 대해선 잘 알지도 못했고 그동안 관심도 없었다.

그런데 조비비가 자세하게 설명해 나가자 궁금증이 샘솟듯 솟았다.

"친군지휘사는 황제가 움직일 때 의장(儀仗)을 맡고 궁정을 수호하며 순찰, 죄인 체포, 신문 등을 담당하게 했어요."

"아주 막강한 권력을 행사하는 기관이군요."

"예, 황제 직속이니까요. 그들은 따로 옥을 만들어 형부(刑部)의 법률 절차를 밟지 않고 곧바로 투옥시키는 법 위의 집행기관이에요."

조비비의 말은 정확한 사실이었다.

그들은 병권과 형권을 모두 가진 황제의 수족으로서, 영락제 이후로는 환관(宦官)을 장관으로 하는 동창, 서창 등과 더불어 공포 정치의 주역이었다.

"비비는 그런 걸 어떻게 그렇게 잘 알죠?"

"오랫동안 고관대작을 많이 상대하다 보니 조정의 체계와 운영에 귀가 밝아지더군요."

명(明)나라의 첩보 및 형옥 기관은 정난(靖難)의 변(變)을 일으켜 제위를 빼앗은 영락제가 정통파의 반역을 두려워하여 환관을 첩자로 이용하는 한편, 금의위와 친위군에도 같은 임무를 맡겼다.

"응천부(남경)에서 순천부(북경)로 천도하고 나서 황제 직속의 첩보기관인 동창을 설치하고 금의위도 거기에 소속시켰어요. 우두머리인 제독동창(提督東廠)은 황제가 신임하는 환관을 임명하고, 그 밑에 첩형 2명, 당두 100여 명, 번역은 1,000여 명이 넘어요."

목탁은 불현듯 아까 조비비가 손바닥에 쓴 이름이 떠올랐다.

"비비는 왜 '남' 자를 쓴 거죠?"

"현재 무림맹주는 남궁일경인데 나이가 많아요. 장남 남궁연은 황제의 부마이니 무림과는 관계없죠. 둘째 남궁산도 금위대장을 지내다 지금은 무장으로 북방에 나가 있어요. 역시 무림과는 상관없죠. 셋째 남궁철은 무예보다는 학문에 뜻을 두고 있지요. 그래서 넷째 남궁후가 자연스럽게 차기 무림맹주의 후보가 되었는데, 문제는 나이 많은 남궁일경은 지나치게 건강하고 젊은 남궁후는 성질이 급하다는 거죠."

"그게 지금 벌어지고 있는 일들과 무슨 관계가 있는 건가요?"

"증거는 없지만 아무래도 남궁후가 동창제독과 관계가 있는 것 같아요."

목탁은 조비비의 설명을 들어도 도무지 무슨 일인지 짐작조차 되지 않았다.

그러나 정보와 음모의 세계에서 입지를 굳혔던 조비비는 천하의 정세를 눈감고도 줄줄 욀 만큼 방대한 비밀 자료를 머릿속에 담아두고 있었다.

"동창은 처음에는 관리의 부정이나 모반(謀反)의 정탐을 주요 임무로 삼았죠. 그런데 차차 민간의 사소한 범죄까지 확대 취급하고 구금(拘禁), 처형의 권한을 함부로 행사하는 경우도 있어서 그 폐해가 적지 않아요."

조비비 말대로 환관 중에는 권력을 잡고 횡포를 부리는 자가 많았다.

동창만으로 만족할 수 없어 다시 서창을 증설하고 자신의 세력 확장에 힘썼다.

나중에는 내행창(內行廠)이란 것을 새로 설치하여 동창·서 창과 함께 3창이라 불렸다.

이들 기관은 일반 관료에 대항하는 환관세력의 정치적 거 점으로 차츰 명나라 정치에 큰 암영(暗影)을 드리웠다.

"예전에 남궁후는 제독동창의 밀명을 받고 강호의 첩보를 수집해서 보고하고 무림맹에서 자신의 입지를 굳히기 위해 분 란을 일으킨 적이 있어요. 그 일로 무림맹주인 아버지에게 혼 나고 경고를 받기도 했지요. 아마도 개방의 분열에도 그가 관 련이 있을 걸로 짐작하고 있어요."

목탁에게 열심히 설명하던 조비비가 말하는 중에 뭔가를 깨우친 듯 걸음을 멈추었다.

그리고 스스로 자신의 머리에 꿀밤을 몇 대 먹였다.

"맞아! 바로 그거야! 그걸 이제야 깨닫다니, 이 바보, 멍청 이!"

목탁은 조비비의 그 모습이 우습고 귀엽게 느껴져 빙그레 웃었다.

"비비, 무엇을 깨달았다는 거죠?"

"후훗, 비밀을 깨달았어요."

"어떤 비밀인지 궁금하네요."

"음~ 몇 가지 확인이 필요해서 아직은 말씀드릴 수 없어요."

"내가 알면 곤란한 일인가요?"

"아니요. 목 대협은 아직 무림 정세에 대해서 모르시니까, 복잡한 강호의 시시비비를 신경 쓰지 않는 게 좋을 것 같아서 그래요."

목탁은 수군기지로 걸어오는 동안 비비가 황궁과 무림의 정세를 말하는 모습을 보고, 비비가 어쩐지 자신과는 전혀 다른 세상에서 사는 사람처럼 느껴져서 조금 낯설었다.

그런데 비비가 방긋방긋 웃으며 자신의 머리에 꿀밤을 먹이는 모습에선 천진난만한 소녀 같은 느낌이 들었다.

사실 그런 모습은 조비비의 숨겨졌던 모습이었다.

창연루의 루주로서 조비비는 지금까지 단 한 번도 자신의 속내를 드러내 보이고 웃은 적이 없었다.

그런데 목탁 앞에서는 스스럼없이, 아무것도 숨길 게 없는 사람처럼 자연스럽고 편해 보였다.

그런 모습은 원래 본인보다도 주위 사람이 더 빠르게 눈치채는 법이다.

추대평이 목탁의 옆으로 오더니 조비비와 좀 거리를 두고 나서 귓가에 나직이 속삭였다.

"삼사 형, 조비비랑 무슨 일이 있었수?"

"일?! 아니, 아무 일도 없는데?"

"두 사람 수상한데……?"

"수상하다니, 뭐가?"

"내가 원래 이런 쪽으로 촉이 좋잖아."

"촉? 무슨 촉?"

"조비비가 아무래도 형을 좋아하는 것 같은데……."

"조비비가 나를? 왜? 아니야. 헛다리 짚었어."

목탁은 추대평의 말이 뜬금없었고 전혀 공감되지 않았다.

자신과 조비비는 전혀 별세계의 사람이라고 생각하고 있었다. 특히 아까 조비비가 세상 돌아가는 이야기를 할 때는 진짜 낯선 세계의 낯선 사람을 보는 기분이었다.

그리고 천하제일기루를 운영한 조비비와 자신이 어떻게 어울린단 말인가?

조비비와 술 한잔 나누고 싶다는 생각은 했지만 그건 순수한 위로 차원이었다.

그것도 조비비가 불쌍해 보여서라기보다는 상심한 마음이 느껴졌기 때문에 그런 것이었다.

"대평아, 네가 아무래도 요즘 여자가 고픈 모양이구나. 그러니까 그런 엉뚱한 헛소릴 하지."

"아니야, 형! 나 여자 하나도 안 고파. 뭔가 찌릿하고 감이 딱 온다니까."

"마! 비비가 왜 나 같은 놈을 좋아하냐? 난 집도 절도 없는 개털인데."

"어, 그래. 바로 그거야! 루주가 자기를 비비라고 불러 달랬지?"

"그랬는데. 그게 왜?"

"여자는 아주 정겨운 사이라야만 이름을 부르는 거라고."

"에이, 그건 아니야. 창연대가 무너져서 더 이상 대주가 아니니까 대주라고 부르지 말라고 한 거야."

"에헤, 아니지. 그럼 성도 같이 불러야지. 이름만 불러 달랬잖아. 그래! 이제 생각난다. 바로 그때부터 조비비가 형한테 뻑이 간 거야."

"왜 뻑이 가는데?"

"아, 형이 조비비를 목숨 걸고 위기에서 구해냈잖아. 창연대에서 암습 당했을 때, 점창파 애들이 칼 들고 조비비 목을 치겠다고 얼마나 설쳤어?"

"난 목숨 건 적 없는데, 내가 나선 건 그냥 비비가 힘들어 보여서……."

"아, 됐고! 형, 이제 어쩔 거야?"

"응? 뭘 어째?"

"사나이가 여자의 순정을 바짝 땡겼으면 뭔가 후속 조치가 있어야지."

"땡기긴 뭘 땡겨? 생사람 잡지 마라. 난 진짜 그런 거 없어."

"좋아! 그럼 나랑 내기하자."

"내기? 무슨 내기를 해?"

추대평도 목탁 못지않은 노름 선수라서 예전부터 둘은 뭐든지 의견이 갈리면 일상의 자질구레한 일들을 내기로 판가름하곤 했었다.

목탁도 다른 건 몰라도 일단 내기라면 몸이 자동적으로 반응했다.

"조비비가 형을 좋아하는 거면 형이 한턱 쏘고, 아니면 내가 한턱 쏠게."

"흐흐, 이제 보니 대평이 네가 송별연에서 술이 부족했던 모양이구나."

"진 사람이 한턱 쏘는 거, 합의 본 거다?"

"그러자. 어차피 우리끼리 송별주도 나눠야 하니까."

송별주를 나누자는 목탁의 말에 추대평이 펄쩍 뛰었다.

"형, 뭔 소리야? 날 떼어 놓고 황궁 갈 생각이었어?"

"당연하지. 공무로 가는 건데. 황궁 갔다가 청도로 갈 테니까 넌 청도에 가 있어."

"미쳤수? 나도 아직 현상 수배범이야. 여기 항주에선 창연루에 짱 박혀 살아서 별 탈이 없었지만 청도에 가면 난 곧바로 이거라고."

추대평이 양손을 합쳐 손목이 포승줄에 묶인 모습을 연출했다.

추대평은 처음부터 목탁과 떨어질 생각이 꿈에도 없었다.

"난 이제 형이랑 죽을 때까지 함께할 거야. 우린 첨부터 그러기로 했잖아."

"대평아, 고맙다. 우린 죽을 때까지 같이 가기로 한 걸 내가 깜빡했다."

추대평의 함께 라는 말에 목탁은 가슴이 뭉클하고 찡했다.

그때 추대평이 목탁의 귀에 대고 속삭였다.

"혹시 형이 조비비랑 같이 있고 싶어서 날 떼어 놓으려는 거야?"

"아, 아니야. 그런 거."

목탁이 부정하며 황급히 손을 내젓자 추대평이 넉살을 부렸다.

"걱정 붙들어 매슈. 내 나이가 한두 개도 아니고, 눈치껏 피해 줄게. 내가 따라가도 둘이 연애하는 건 전혀 지장 없을 거야. 그러니 마음 푹 놓으라고."

"인마! 헛소리 그만하고 넌 내기에 질 게 빤하니까 한턱 쏠 궁리나 해."

"헤헹, 누가 한턱 쏠지는 두고 봅시다."

혓바닥을 쏙 내보이는 추대평은 자신의 내기 승리를 장담하는 표정이었다.

목탁 일행은 어느덧 저 앞에 수군기지가 보이는 지점에 다다랐다.

조비비는 내일 목탁과 헤어지고 나면, 앞으로 자기 앞에 어떤 일이 벌어질지 전혀 가늠이 되지 않았다.

'아~ 나는 이제 어떻게 될까?'

수군기지에서 살인 사건을 수사한다고 해도 수사 결말이 어찌될지 짐작이 안 된다.

분명한 건 무림수사대도 뒷짐 지고 구경만 하고 있지는 않을 거란 것이다.

조비비는 그동안 자신에게 지시를 내린 '보이지 않는 손'이 하오문이라고 생각했었다.

'하오문은 오대세가나 구파일방보다도 한참 힘이 처지는데 어떻게…….'

곰곰이 따져 보니 하오문의 힘으로 도선 사업을 따내는 것은 결코 쉬운 일이 아니다.

관부에 막강한 영향력을 행사할 수 있는 실권자가 없다면 도선 사업 허가 자체가 불가능한 일이다.

결국 하오문을 부리는 진짜 '보이지 않는 손'이 실재하고 있다는 이야기다.

처음엔 공공연히 무림맹의 차기 후계자를 노리는 남궁후가 배후일 거라고 생각했다.

'아니야. 남궁후는 배경만 좋지, 그 정도 그릇이 아니야.'

지금까지는 그가 각파의 신진세력을 부추겨 무림맹 안에서 기득권을 형성하고 있는 노장 세력을 밀어내려 한다고 생각했었다.

그러나 사실 무림맹주는 명예직이고 무림맹도 실질적인 이익을 창출하는 기관이 아니다.

별 소득이 없는 일에 좌충우돌하고 시끄러운 것도 좀, 아니, 많이 이상한 일이다.

'창연대를 붕괴시키고 정사를 아우른 무림의 고수들을 암습할 정도로 큰 힘은… 과연 어디에서 나올까?'

남궁후, 그는 아직 너무 젊다. 무엇보다 현재는 고작해야 무림맹의 항주 분타주일 뿐으로, 관부를 좌지우지할 만큼의 힘이 없다고 봐야 한다.

그렇다면 결론은, 남궁후가 설치려면 그의 뒤에 또 누군가 있어야 한다는 얘기다.

'그게 누굴까?'

황궁과 무림의 관계를 역으로 짚어가며 추리하던 조비비 머리에 불이 반짝 들어왔다.

그래서 아까 조비비는 자신의 머리에 몇 차례 꿀밤을 먹였던 것이다.

남궁후는 차기 무림맹주를 맘에 두고 있다. 현 무림맹주인 아버지 남궁일경은 무림의 신망도 높고 황궁과의 인연도 각별하지만 그건 전 황제 때의 일이다.

현 황제와는 특별한 인연이 없다. 현 황제는 금의친군사는 물론 동, 서창과 대내행창, 이른바 삼창의 권한을 내세워 거의 무소불위의 막강한 세력으로 만들어 놓았다.

무엇보다 환관인 태감의 권력과 탐욕은 하늘을 찌르고도 남을 만큼 기세등등하다.

그러나 아무리 권세가 막강해도 현 무림맹주 남궁일경은 전 황제와 사돈이고, 무림의 원로이다. 자신의 수족처럼 부려 먹을 수 있는 존재가 아닌 것이다.

그것은 비단 남궁세가뿐만이 아니다. 오대세가와 명문정파는 음으로 양으로 권문세가와 황족들과 연이 닿아 있다.

모든 이권이 있는 사업마다 그들의 인맥이 있고, 그 연줄을 한 칼에 잘라내는 건 언감생심 꿈도 못 꿀 일이다.

다시 말해서 지금은 권력 변화에 따른 물갈이가 필요한 시점이다. 그러나 노장들을 뒤로 물러나게 할 뚜렷한 명분이 없다.

가장 좋은 건 역모 사건이지만, 그건 위험부담이 크고 얼마나 피를 흘릴지 가늠하기 어렵다. 그래도 역모만큼 확실한 물 갈이 방법은 없다.

'맞아! 역모 조작이야! 그래서 명검 어장으로……'

거기에 생각이 미치자 조비비는 손발이 오그라들고 심장이 뛰기 시작했다.

세상이 핏빛으로 물드는 환영에 사로잡혀 현기증이 일었다.

느낌상 자신의 추리가 맞는 것 같다.

그러나 아직 사실이 확인된 건 아니다.

조비비는 자신이 깨달은 관계를 바탕으로 앞으로의 전개를 이모저모로 따져 보았다.

결론은 절대로 명검 사건에 말려들어서는 안 된다는 것이 었다.

무림 초보인 목탁에게 이런 얘기는 너무나도 복잡하고 먼 이야기일 것이다.

'차라리 모르는 게 약이지.'

조비비는 목탁에게는 함구하는 게 좋겠다고 생각했다.

第三章
좋아하는 이유

한참 생각에 빠져 있는 조비비 곁으로 추대평이 다가오더니 불쑥 질문을 던졌다.

"비비 소저, 삼사 형을 좋아하죠?"

"예?!"

느닷없는 추대평의 말에 조비비보다 목탁이 더 당황해서 더 듬거렸다.

"야, 무, 무슨 쓸데없는 말을 하는 거야? 비비, 대평이 말에 신경 쓰지 마세요. 지금 이 녀석이 살짝 맛이 가서 헛소리한 거예요."

느닷없는 추대평의 당돌한 질문에 목탁은 당황하여 허둥거렸다. 조비비는 아무 생각도 들지 않아 잠시 멍한 표정으로 추대평과 목탁을 번갈아 보았다.

그리고 곧바로 조비비의 가슴은 두근거리다 못해 쿵쾅거리며 뛰었다.

두근두근! 쿵쿵!

조비비는 마치 자신의 심장 뛰는 소리가 주위에 들리기라도 하는 듯, 손을 자신의 가슴 위에 살포시 얹었다.

그때 추대평이 단도직입적으로 조비비를 똑바로 보고 다시 물었다.

"비비 소저! 삼사 형, 안 좋아해요?"

"아, 저… 조, 좋아해요."

조비비는 얼굴을 심하게 붉히면서도 이번엔 얼른 대답을 했다.

좋아한다고 고백을 하자 짜릿한 전율과 흥분에 온몸이 달달 떨렸다.

그동안 목탁을 좋아하지만 좋아한다고 말할 수 없는 안타까움으로 속을 끓였었다.

사실, 내일 아침 헤어지기 전에 어떻게든 자신의 속마음을 전하고 싶은데 딱히 방법이 없어서 은근히 애를 태우는 중이었다.

그런데 마음속 소망이 간절하면 하늘이 그 뜻을 이뤄준다더니, 그 말이 맞나 보다.

'하늘이시여, 감사합니다.'

조비비는 자신이 전혀 예상치 않은 순간에 공개적으로 마음을 알릴 수 있게 된 것이다. 조비비는 뜻밖에도 자신의 입으로 좋아한다고 말할 수 있게 된 이 상황에 너무나 감사하고 황홀한 기분이었다.

그런 질문을 한 추대평이 너무도 예뻐서 업어 주고 싶은 마음이었다.

넙데데한 추대평의 얼굴이 지금 이 순간은 너무나도 듬직하고 멋져 보인다. 저 넓적한 볼에다 마구마구 뽀뽀를 해주고 싶었다.

어떻게 인간이 이렇게 기특하고 갸륵하며, 고마울 수 있단 말인가?

'대평, 복 받을 거야.'

이번엔 조비비의 말을 들은 목탁이 멍한 얼굴이 되었다.

"형, 들었지? 내가 이겼어. 형이 확실하게 한턱 쏘는 거야."

"두 분이 무슨 내기를 하신 건가요?"

"헤헤, 삼사 형이랑 술내기 했는데 내가 이겼어요."

세상에 그런 고마운 내기를 하다니, 조비비는 마음속으로 얼마가 됐든 술값은 무조건 자신이 내겠다고 다짐했다.

목탁의 머릿속은 수십 가지 생각이 얽혀 버렸다.

'왜? 비비가 나를… 나는 개털인데, 비비는 나랑은 차원도 다르고……. 나는 옛날부터 좋아하는 사람이 있는데… 선녀도 나랑 차원이 다르긴 하지만……'

조비비는 너무 기분이 좋아서 가벼운 현기증이 일어났고, 목탁은 머릿속의 모든 생각이 꼬여서 가벼운 현기증을 느꼈다.

목탁은 곤혹스러운 표정과 넋이 나간 표정을 교차하며 비비를 불렀다.

"비비!"

"예, 목 대협!"

목탁이 부르자 비비는 날아갈 듯이 빠르고 경쾌한 목소리로 대답했다.

그 밝고 환한 비비의 모습에서 목탁은 잠시 선녀 곽청을 느꼈다.

"저어, 비비는 내가 좋다고 하셨는데, 왜 좋아요?"

"목 대협은 제가 싫으신가 보군요?"

"아, 아닙니다. 그럴 리가요. 전 그저 황송해서……."

"사람이 좋은데 이유가 있나요? 그냥 좋은 거죠?"

"아무리 그래도… 난 근본도 별로고, 내세울 것도 없고……."

"좋아하는 이유를 대라면 얼마든지 댈 수 있어요. 먼저 목 대협은 사람 냄새가 나서 좋아요. 약자를 배려하는 마음도 좋구요. 편하게 이야기 나눌 수 있어서 좋구요. 내 마음이 편해져서 좋은 것도 있구요. 이것저것 계산하지 않고 자유롭게 대해서 좋구요. 너무 잘생긴 얼굴이 아니라서 좋구요. 남자다운 배짱도 맘에 들어요. 잘난 척하지 않아서 좋은 것도 있네요. 그리고… 지금 내 옆에 있어서 좋고, 날 위기에서 구한 건 감사 드리구요. 왜 좋은지 물어봐 준 것도 좋아요. 이렇게 내가 말하는 걸 들어주는 것도 좋네요."

목탁은 조비비가 숨 쉴 틈 없이 주워섬기는 '좋아요'가 이해되지 않았다.

"저어, 비비가 날 좋아한다고 말한 건 아직 날 잘 몰라서 그런 겁니다."

"예, 그래요. 전 목 대협을 잘 모르는 것도 좋아요."

"모, 모르는데 어떻게 좋아합니까?"

"이제부터 알아갈 수 있으니까 더 좋죠. 원래 사람은 모르는 구석이 있어야 더 신비감이 있어서 좋은 거예요. 다 알면 재미없잖아요. 안 그래요?"

"아니, 내 말뜻은 나의 실체를 비비가 알면 틀림없이 실망하실 테고……."

"혹시 내가 기루를 운영하던 기녀 출신이라 퇴짜 놓으시는 건가요?"

조비비가 뾰로통한 표정으로 살짝 째리자 목탁이 황급히 손을 내저었다.

"아, 아닙니다. 전 출신 같은 건 따지지 않습니다."

"그래요? 그럼 뭐가 문제죠?"

"그, 그러니까 비비가 아니라 내가 문제라는 거죠."

"그럼 됐어요. 목 대협 문제는 내 문제니까, 목 대협은 이제 문제가 없는 거예요. 아셨죠?"

조비비는 목탁의 문제를 단칼에 해결해 버렸다.

그래도 목탁은 뭔가 석연치 않은 표정이었다.

"목 대협은 꿈이 뭐예요?"

"꿈이요? 어… 나는……."

목탁은 잠시 자신의 꿈을 더듬어 보았다.

처음엔 잘나가는 건달이었고, 그다음엔 안정된 객점 하나 운영하는 것이었다.

선녀를 만나고 나선, 그녀의 아버지 곽진걸이 3년 안에 자신의 일군 부의 십 분의 일을 이룬다면 인정해 준다는 말에 목숨 걸고 밀무역선을 탔었다.

누구에게라도 꿀리지 않을 만큼 돈을 벌어서 선녀 앞에 나타나는 게 꿈의 전부였다. 그게 다였다.

부자가 되어 선녀 앞에 나타나는 것까지만 꿈꿔왔다. 그 이후는 계획에 없었다. 밀무역선 탔다가 꼬여서 해적이 되긴 했지만, 대략 정리해 보니 돈을 많이 버는 것으로 귀착되었다.

"돈을 많이 벌어서 뭘 할 건데요?"

"뭘 할지는 정한 게 없습니다."

목탁은 조비비에게 곽청 이야기를 하지 않았다. 지금 돈이 있어도 곽진걸이 말한 3년이 이미 지나 버려서, 어찌해야 할지 생각해 본 적이 없는 까닭이다.

"돈이 있는데 할 게 없다면 없는 것과 마찬가지잖아요."

"그게 또… 그러네요. 아, 참, 사부님은 보리선원을 세워서 구제하고 아이들을 가르치라고 하셨어요. 사부님 꿈을 내 꿈으로 해도 될까요?"

말이 궁한 목탁은 대충 사부의 꿈을 자신의 꿈으로 삼아도 괜찮겠다는 생각이 들었다.

조비비는 목탁의 말에 어쩐지 가슴이 서늘해졌다.

목탁의 무공 실력으로 볼 때, 무림의 일에 야망을 품고 있을 걸로 생각했다.

그런데 무공의 무 자도 꺼내지 않고 돈을 버는 게 꿈이라고 한다.

돈 문제를 지적하자 이번엔 사부의 꿈을 자신의 꿈으로 삼겠다고 한다.

지금까지 자신을 위해서 야망을 불태우는 인간 군상들만

보아 온 조비비의 눈에는 목탁이 세속의 욕망을 초월한 거룩한 성자처럼 비쳤다.

그녀는 눈을 반짝이며 목탁의 손을 잡고 눈을 똑바로 보며 말했다.

"우리 같이 사부님의 꿈을 이뤄요!"

*   *   *

목탁과 나란히 걸어가던 조비비가 문득 걸음을 멈추고 주위를 둘러보았다.

[루주님, 저 난영입니다.]

누군가 그녀에게 전음을 보낸 것이었다.

수군 기지에서 지척인 제삼 항주교 건너편의 삼교객잔 앞이었다.

"비비, 뭘 찾나요?"

"쉿!"

목탁의 물음에 조비비는 손가락을 입술에 대고 주위를 살폈다.

조비비는 목탁과 추대평을 삼교객잔 쪽으로 이끌었다.

영문을 모르는 목탁과 추대평은 조비비가 이끄는 대로 그녀의 뒤를 따랐다.

삼교객잔 옆 골목에 이르자 어둠 속에서 한 인영이 모습을 드러냈다.

"루주님, 여깁니다."

"난영! 여긴 무슨 어쩐 일이야?"

조비비는 어둠 속에서 나타난 인영을 크게 반기며 그 앞으로 다가갔다.

"목 대협, 오늘 송별연을 준비해 준 내 의자매 부용루주예요."

"아, 여러모로 감사드립니다. 덕분에 모두 잘됐습니다."

목탁과 추대평이 감사의 말을 전하자 난영은 가볍게 묵례로 답했다.

"난영입니다. 급히 알려드릴 게 있어서 여기서 기다렸습니다."

"난영, 무슨 일인데?"

뭔가 심상치 않은 난영의 기색에 조비비는 조급한 마음이 되었다.

부용루주는 대답대신 자신을 따라오라는 손짓을 하고 앞서 걸었다.

세 사람은 부용루주 난영을 따라서 삼교객잔 뒤편의 운하로 내려가는 계단을 밟았다.

계단 밑으로 내려가자 지붕이 씌워진 작은 배 한 척이 대기하고 있었다.

목탁 일행이 부용루주를 뒤따라 배에 타자, 사공이 어디론
가 노를 저었다.

작은 배는 적당한 속도로 수로를 따라 흘러가다 이따금 방
향을 틀었다.

후두둑! 쏴아아!

초저녁부터 습기를 가득 머금은 습한 바람이 불더니 기어
이 소나기를 쏟아 부었다.

따다닥!

지붕을 때리는 소나기는 배 안에서 두런거리며 이야기를
나누는 사람들의 말소리를 파묻었다.

"제가 수집한 정보에 의하면 무림맹에서 태수에게 명검 살
인 사건 수사를 의뢰하기로 했답니다. 그리되면 수군은 사건
에서 손을 떼게 될 것 같습니다."

부용루주 난영은 그 외에도 자잘한 사안까지 빠짐없이 조
비비에게 알렸다.

조비비와 난영은 세밀한 사안까지 의견을 나누고 사후의
일들도 논의했다.

"창연루는 어차피 문주의 대리인이 나서서 수석 집사 차쌍
미를 루주로 세울 거야. 쌍미에게도 그렇게 말해뒀으니까 잘
알아서 할 거야. 창연루 쪽은 쌍미에게 맡겨 둬."

"루주님이 그동안 투자한 시내에 분산된 점포들은 어찌할까요?"

"그동안 난영이 해온 대로 해줘."

"루주님은 앞으로 어쩌실 거예요?"

"난 하고 싶은 일이 생겼어."

난영은 신중하고 입이 무거워 보였다.

조비비가 설명하지 않는 일은 묻지 않았고, 정보는 제공하되 예측은 하지 않았다.

조비비는 투자한 점포에 대한 모든 것을 난영에게 넘긴다는 문서를 작성하고, 창연루에 관계된 사람들 중에 자신이 꼭 챙겨야 할 사람들의 뒷일을 부탁했다.

조비비는 몇 번 한숨을 쉬고는 생각을 정리한 듯 가볍게 손뼉을 두 번 쳤다.

탁탁!

"목 대협, 이렇게 하죠. 난 수군기지 객사로 가지 않을 거예요. 사건 수사에 얽매이기 싫은 것도 있고, 무림맹의 남궁후가 주도하는 수사를 신뢰할 수 없어요. 지금까지의 일에서 벗어나 새로운 생각을 하며 세상 구경을 하고 싶어요. 무엇보다 목 대협과 떨어지는 것도 싫고요."

목탁은 조비비의 말에 잠시 표정이 복잡해졌다.

"어, 그게… 나랑 같이 가면 시끄러워질 텐데……."

"후훗! 같이 간다고 해도 적당한 거리를 두고 목 대협을 따라갈 거예요. 절대로 목 대협에게 피해가 가거나 피곤한 일은 만들지 않을 테니 안심하세요."

추대평은 조비비가 따라온다고 하자 자기가 더 좋아했다.

"하하핫! 전 대환영입니다. 바늘 가는 데 실이 따르는 건 당연하죠. 형은 공무로 가니까 혼자 가고 비비 소저는 내가 모시고 가면 되겠네."

"후훗! 고마워요. 추 대협. 우리 즐거운 여행을 해요."

"예, 비비 소저와 함께라면 전 어디라도 좋습니다."

*   *   *

한여름의 짧은 밤이 끝나가는, 아직 동이 트기 전의 시각이었다.

포청 현판이 달린 항주 관아의 마당에는 수십 개의 횃불이 분주히 움직이는 모습이 보였다.

즙포사신의 지휘를 따르는 포졸들이 대오를 정렬하자 출동 명령이 내려졌다.

"모두들 병장기는 잘 챙겼나?"

"에엡!"

"우리가 체포할 상대는 무공의 고수라고 한다. 체포에 순순히 응하지 않을 때는 현장에서 사살해도 좋다. 알겠나?"

"옙! 알겠습니다."

"좋다! 전체 출도옹!"

두두두두두!

즙포사신은 선두에서 말을 타고 내달렸으며 그 뒤를 몇몇의 기병들이 따랐다.

무기를 든 포졸들도 명령에 따라 일사불란하게 움직였다.

탁탁탁탁!

포졸들은 2열 종대를 유지한 채 앞서가는 즙포사신의 뒤를 부지런히 쫓아갔다.

이른 새벽에 항주 시내 거리를 포졸들이 횃불을 들고 내달린다면 틀림없이 어딘가에서 중대한 일이 벌어졌다는 얘기일 터였다.

*　　　　*　　　　*

반 시진 전에 한 여름의 열기를 식히는 소나기가 내려서인지 수로에는 시원한 바람이 불었다.

비 개인 새벽, 수로에 정박한 배들과 주변 홍등가의 불빛들이 선명하게 빛났다.

목탁은 배에서 내려 수군기지로 향했고, 조비비와 추대평은 부용루주를 따라 어디론가 사라졌다.

목탁 일행을 태웠던 작은 배의 사공이 배를 수로변에 정박시킨 지 채 일각도 지나지 않아서 검은 인영 하나가 작은 배로 다가갔다.

사공과 마주 선 검은 인영은 여인객잔의 반 토막이었다.

"자네 배에 타다니 자네가 운이 좋았군."

"헤헤, 분타주님 덕분인 줄 압니다."

반 토막은 배에 올라 사공에게 목탁 일행이 나눈 대화와 행선지 등에 대해서 묻고는 은전 한 냥을 내주었다.

"자네가 들은 것, 내게 말한 것, 모두 비밀이란 걸 명심하게."

"물론입죠. 그 점은 염려하지 마십시오."

은전을 받아든 사공은 환하게 웃으며 연신 머리를 조아렸다.

반 토막이 사라지자 사공은 콧노래를 흥얼거리며 수로 위 대로로 올라갔다.

이른 시간임에도 홍등가의 대형 홍등 아래로는 여전히 몇 대의 마차와 행인들이 움직이는 모습이, 이곳이 대륙에서 가장 번화한 도시 항주라는 것을 일깨워 줬다.

비 개인 새벽하늘에 영롱하게 반짝이는 별이 몇 개 보였다.

사공은 대로변에서 별을 보며 수로 위에서 부르르 떨며 오줌을 갈겼다.

"으쉬쉬~"

촤아아!

소피를 본 사공이 문을 밀고 들어간 곳은 삼교 주변에서 가장 허름한 객점이었다.

사공은 객점 변소로 통하는 통로 옆 쪽문으로 빠져나와 곧바로 객점 뒤편의 낡은 가옥으로 들어갔다.

그곳은 노름패들이 밤새워 도박을 하는 비밀 도박장이었다.

사공은 도박장 기도의 안내를 받아 구석진 객실로 들어가서 누군가를 기다렸다.

잠시 후, 들어선 인물은 어딘가 낯이 익은 인물들이었다.

그들은 목탁이 시장 죽제품 거리에서 만났던 개방의 오결 제자 두 명이었다.

"자네가 들은 얘기와 전한 얘기를 하나도 빠짐없이 털어놓게."

"조비비는 수군기지로 가지 않고 목 대협을 거리를 두고 따라갈 겁니다. 피연철 분타주도 그 사실을 알았으니 뒤쫓을 걸로 생각됩니다."

오결제자 중에 키 큰 자가 팔짱을 끼고 생각에 빠졌다.

키 작은 사내도 고개를 모로 꼬고 생각에 빠져들었다.

"흠, 소화룡 수석장로가 뭔가 눈치를 챘나?"

"뭐, 어쨌든 반 토막 피연철 분타주는 수석장로랑 잘 통하는 사이니까, 부지런히 움직이는 것 같습니다."

"좋아, 눈치 못 채게 미행하는 인원을 계속 교체하면서 잘 감시하게."

사공은 이번엔 은전 두 냥을 받아 쥐었다.

사공은 아까보다 더 허리를 굽실거리고 감사의 뜻을 표했다.

그도 그럴 것이 하루 종일 운하에서 노를 저어봤자 그가 손에 쥐는 돈은 은전 한 냥의 반의반도 안 된다.

이른 새벽에 귀를 잘 열고 말을 옮기는 것만으로 열 배가넘는 수익을 건졌으니 오늘은 운수대통한 날인 것이다.

사공이 도시의 안개 속으로 사라지는 걸 확인한 개방의 두 오결제자도 어디론가 사라졌다.

전후의 정황으로 볼 때, 같은 개방 소속이지만 오결제자와 분타주 피연철은 따로 움직이는 게 분명했다.

만일 누가 이 장면들을 보았다면 세간에 풍문으로 떠도는 개방의 내분이 확실하다고 생각하였을 것이다.

물의 도시 항주는 무릎까지 차오르는 안개와 어슴푸레한 여명의 푸른빛이 어우러져, 마치 꿈을 꾸는 것 같은 몽환적인 분위기를 자아내고 있었다.

목탁이 수군기지 앞에 다다르자 한 무리의 무장한 포졸들이 대기하고 있었다.

목탁은 별다른 의심 없이 수군기지에 무슨 일이 생겼는지 궁금해하며 다가갔다.

그때, 제일 먼저 목탁을 발견한 누군가가 손으로 목탁을 가리키며 소리쳤다.

"저기 나타났다. 바로 저자다! 저놈 잡아라!"

"죄인 이삼사는 순순히 오라를 받아라!"

포승줄을 손에 쥔 포졸들이 우르르 몰려와 목탁을 에워싸고 도주로를 차단했다.

목탁은 뜻밖의 상황에 약간 당황했으나 당당함을 잃지는 않았다.

"나는 두 시진 후에 황궁으로 가야 할 사람이오."

목탁의 말에 관복을 입은 사내가 앞으로 나서며 자신을 소개하고 지금 목탁이 처한 상황을 자세히 알려줬다.

"나는 항주의 치안을 책임지고 있는 즙포사신 한광산이다. 너는 일찍이 해적으로 수배되었기에 너를 체포하는 것이 우리의 임무다! 죄인은 속히 무릎을 꿇어라!"

"즙포사신의 말씀이 틀린 말은 아니나, 나는 제독의 명으로 황궁에 가서 보고하면 사면받고 복권될 것입니다. 즙포사신께선 황제 폐하와의 알현을 막으려는 것입니까?

그러나 목탁의 항변에도 즙포사신 한광산은 한 점 흐트러짐이 없었다.

"탁상계 대리부관으로부터 그 이야기도 들었다. 그러나 수배가 먼저이고 사면과 복권은 나중 일이니, 황궁까지는 국법에 따라 죄인의 몸으로 호송되어야 할 것이다."

그러고 보니 즙포사신 옆에는 탁상계가 떨떠름한 얼굴로 서 있었다.

목탁이 지원을 바라는 눈빛으로 탁상계를 보자 그는 살짝 고개를 돌렸다. 눈을 마주치길 꺼려하는 그에게 더 이상 말해봤자 소용없다는 생각이 들었다.

"탁 부관, 총관님께 이 상황을 말씀드려 주시죠."

"치안과 수배는 태수의 령으로 집행하는 것으로, 수군기지 총관은 수군 내의 일이 아닌 이상 이 일에 관여할 수 없다."

즙포사신 한광산은 총관의 역할을 전적으로 배제하고 목탁, 아니, 죄인 이삼사의 체포는 치안관의 당연한 책무임을 강조했다.

졸지에 목탁은 꼼짝없이 오라에 묶여 황궁까지 가야 하는 신세가 되고 말았다.

탁상계가 목탁에게 다가와 위로인지 변명인지 애매한 태도로 말했다.

"목 군사, 조금 불편하겠지만 황궁에 가면 다 해결될 일이니 이해하시오."

총관을 모시고 화려한 송별연을 마치고, 당당한 출발을 생각했던 목탁은 오라에 묶여 갈 생각을 하니 한숨이 절로 나왔다.

목탁은 어쩐지 앞으로의 행로에 불길한 예감이 들어, 가능하다면 이 자리를 피하고 싶다는 생각이 들었다.

'젠장, 토끼면 딱 좋겠는데 사숙 때문에 튀지도 못하고……'

"명검 어장의 출현으로 발생한 연쇄살인 사건과 창연대 누각 붕괴 사건은 태수님의 명으로 관부에서 면밀히 수사하여 사건의 전모를 밝힐 터이니 관련자들은 모두 수사에 적극 협조하기 바라오."

즙포사신 한광산은 명검 소동으로 일어난 살인 사건도 수군에서 관여할 사인이 아님을 분명히 하고 자신이 직접 수사를 진두지휘하겠다고 선언하였다.

한광산이 매서운 눈으로 목탁을 쏘아보며 조비비의 행방을 캐물었다.

"그대는 창연루 루주와 함께 나간 걸로 아는데 왜 혼자 돌아온 건가?"

"같이 나간 건 맞습니다만 오는 길에 그녀는 어딘가 들렸다 온다고 하였습니다. 날이 밝기 전에는 올 겁니다."

황궁으로의 출발은 진시로 정해졌다.

출발 인원은 탁상계와 수행하는 수군 병사 5인, 목탁과 즙포사신 및 연행 포졸 4인 등 모두 11명이었다.

즙포사신은 목탁과 이틀간 같은 배를 타고 동행하며 해적 전과에 대한 취조를 하겠다고 하였다.

목탁의 손에는 오랏줄이 묶여 있었는데, 그나마 형 집행선고가 안 되어 목에 칼을 쓰지 않은 것만 해도 다행이었다.

운하를 통해 순천부의 황궁까지 가는 길은 빠르면 50일, 늦으면 60일 정도 걸리는 머나먼 여정이다.

황궁으로 가는 배로, 덮개가 있는 배 두 척이 준비되었다.

황제에게 보고를 올리기로 한 탁상계와 수군의 수행 병사들은 앞의 배를 탔고, 죄인 이삼사와 즙포사신 한광산과 연행 포졸은 뒤의 배를 탔다.

즙포사신 한광산은 수로에서 배가 출발하자 곧바로 목탁 취조에 들어갔다.

"이삼사, 네놈이 해적이 된 건 언제부터인가?"

목탁은 놈이라는 호칭에 기분이 상했지만 달리 따질 형편도 아니었다.

"5년 전에 장사하려고 무역선을 탔다가 해적들의 습격을 받고 해적 소굴로 끌려갔습니다. 처음엔 동굴에 갇혀 있었고 나중엔 허드렛일을 했는데, 해적들 인원이 줄어들자 해적 노릇을 안 하면 죽인다고 협박해서 할 수 없이 시키는 대로 했습니다."

목탁은 자신이 스스로 해적질을 한 것이 아니고, 최대한 피치 못할 사정이었다는 점을 강조하였다.

그러나 즙포사신 한광산은 시종일관 굳은 얼굴과 딱딱한 말투로 목탁을 대했다.

"네놈의 해적 경력은 얼마나 되나?"

"경력은 한 2년쯤 되는데, 나중 1년간은 수군의 해적 섬멸 작전에 걸려서 도망만 다녔습니다. 그러다 풍랑을 만나서 표류하다 무인도에 도착해서 간신히 살아났습니다."

"해적으로 활동하는 동안 노략질한 횟수는 얼마나 되나?"

"세어보진 않았지만 대략 두 달에 한 번 정도, 상선을 털었던 것 같습니다."

"노략질하느라 사람도 해쳤겠지? 살인은 얼마나 했나?"

"하늘에 맹세코 사람을 죽인 적은 없습니다. 저는 그저 화물을 운반하고 해적선 격군 노릇한 게 답니다."

"내가 파악한 정보로는 네놈의 무공이 아주 고강하다고 하던데?"

"아닙니다. 잘못 아신 겁니다. 전 무공의 무 자도 모릅니다."

목탁이 무공을 모른다고 하자 한광산의 눈빛이 반짝거렸다.

"흠, 그렇다면 저잣거리에서 개방의 오결제자를 제압한 건 어찌 설명하겠나?"

"어, 그건……. 제압한 게 아니라 칼 맞지 않으려고 그저 피해 다닌 게 답니다. 내 말이 거짓인지는 확인해 보시면 알 수 있을 겁니다."

한광산의 정보는 세밀했고, 취조는 집요했으며, 조금이라도 앞뒤 아귀가 안 맞는 부분은 몇 번이고 확인해서 되물으며 따졌다.

"네놈이 검웅이라 불리던 광비신수 진도삼의 제자라고 들었는데, 무공을 모른다는 게 말이 되나?"

"제자인 건 맞지만 무인도에서 우연히 만나서 제자가 된 것이고, 무공은 배우지 못하고 오직 피하는 법만 배웠습니다."

목탁은 숨길 것도 없기에 사실 그대로 말했다.

그러나 한광산은 버럭 소리를 지르며 호통을 쳤다.

"네 이놈! 지금 나보고 그런 터무니없는 말을 믿으라는 거냐?"

"확인해 보면 아시겠지만 전 한 번도 누구를 공격한 적이 없습니다. 칼 맞지 않으려고 상대의 공격을 피한 게 잘못은 아니지 않습니까?"

"그러니까 상대가 공격하다 지쳐서 스스로 항복했다는 말인가?"

"상대가 지쳤는지는 잘 모르겠고, 전 열심히 피해서 어쨌든 지금까지 죽지 않고 살아 있습니다."

"상대를 공격하지 않는 이유는 뭔가?"

무공을 모른다는 목탁의 말을 한광산은 신뢰하는 표정이 아니었다.

"전 아까 분명히 무공을 모른다고 말씀드렸는데요."

"개방의 오결제자 수준은 강호의 무림인 중에 적어도 일류에 속하는데, 무공을 모르는 자가 그런 고수의 살초를 피한다는 건 있을 수 없는 일이다."

"글쎄… 그게 아무래도 그자들이 저를 진짜로 죽일 생각은 없었던 모양이지요."

"……."

말없이 목탁을 묵묵히 바라보던 한광산은 거기서 1차 취조를 멈췄다.

"무공을 쓰지 않은 이유는 차차 알아보기로 하지."

촤아아!

답답한 목탁의 마음을 아는지 모르는지, 목탁이 탄 배는 수로를 따라서 빠른 속도로 순천부의 황궁을 향해서 북상을 계속하고 있었다.

*　　　　　*　　　　　*

항주 태수 소월상은 무림맹 항주지부장 남궁후로부터 명검과 관련된 연쇄살인 사건에 대한 이야기를 듣고, 곧바로 특별 수사대를 꾸릴 것을 약속했다.

명검은 무림인들이 깊이 관련된 일이라고 판단한 소월상은 무림맹의 협조를 받고자 했는데, 그 결과 민간 특별 요원으로 남궁후를 비롯한 그가 추천하는 무림인들을 수사에 참여시키기로 하였다.

"허허허! 무림인들이 관부에 적극 협조하니 마음이 든든하네."

"태수님께서 서둘러 수사대를 출범시키셨으니 협조는 당연한 일이죠."

항주 태수는 무림맹 항주지부장인 남궁후의 위상을 높게 평가하고 있었다.

부친 남궁일경은 현 무림맹주이고 맏형은 황제의 부마요, 둘째는 금의위 대장이다. 셋째도 학문이 높으니 조만간 이름 있는 벼슬 한자리할 게 분명하다.

굳이 설명하지 않더라도 이런 명문가와는 평소에 무조건 친하게 지내는 게 앞으로 여러모로 유익한 일이 될 것이라는 건 너무나도 눈에 보이는 계산 아니겠는가?

금번 명검과 관련된 연쇄 살인 사건도 발 벗고 나서서 협조적으로 나오니, 남궁후라는 이 친구는 무림맹 항주지부장이라는 직책을 잘 수행하고 있는 정말 괜찮은 친구다.

딸이라도 있다면 사위로 삼고 싶은데 태수 소월상은 아들만 둘이라 그 점이 안타깝다.

"무엇보다 명검의 소재를 밝혀야 하는데, 명검은 어디 있을까?"

"전해져 내려오는 소문으로는 명검을 품는 자, 천하를 품는다 했으니 아마도 역심을 품은 자가 갖고 있지 않을까요?"

"허어, 역심을 품은 자라니! 명검이라더니 자칫하면 천하에 혈겁을 일으킬 수도 있는 흉검이 아닌가?"

"그렇긴 합니다만 황제 폐하께서 명검을 손에 넣으신다면 태평성대의 상징이라는 옛이야기도 있습니다."

그 순간 태수의 눈이 반짝 빛났다.

명검을 구해서 황제에게 바친다면 출세와 보상이 보장되리라는 계산이 선 것이다. 그러나 그의 입에서 나오는 말은 본심과는 정반대의 발언이었다.

"나는 왠지 불길한 생각이 드는구먼."

혈겁을 예상하는 듯 태수의 이마에 깊은 내 천(川) 자가 새겨졌다. 그러자 남궁후도 태수의 근심을 동참한다는 듯 같이 미간을 찌푸렸다.

"만일 역심을 품은 자라면 어떻게든 뿌리를 뽑아야지요. 아니 그렇습니까?"

"그야 이를 말인가. 누구든 명검을 탐하는 자체가 이미 불경한 일일세. 어디서든 흉흉한 소문이 들린다면 즉시 내게 고해 주게."

"예, 그리하겠습니다."

태수를 면담하고 지부로 돌아 온 남궁후는 자신이 포석을 깐 바둑판의 모양새를 천천히 복기하는 마음으로 사건을 한 수, 한 수 되짚어 보았다.

천하의 수많은 집단은 권력의 향배에 따라서 이합집산을 하는 것이 상식이다.

"어장검은 창연루에 나타났다. 왜 창연루일까? 그리고 구파일방과 오대세가 및 녹림과 마교까지 얼굴을 내밀었다. 거기다 광비신수의 제자라는 목탁이라는 자도 나타났다. 그자를 당겨야 하나, 밀어내야 하나? 게다가 천하제일기루라는 창연루의 창연대가 무너졌고, 전 무림을 상대로 암습을 펼친 자까지 나타났다. 누가 감히 그럴 수 있을까? 누구일까? 그 소동으로 이익을 보는 자는 누구일까?"

남궁후는 30여 년 전의 혈사부터 최근 조정과 무림의 정세를 떠올렸다.

第四章

슬 취한 표사

10년 전, 태조 홍무황제 주원장이 30여 년의 권좌를 마감하고 서거했다.

주원장의 장남이 일찍 죽은 관계로 장 손자 건문제 주윤문이 황위에 올랐다.

주원장은 자신의 아들들을 번왕으로 세워 나라를 튼튼히 하고자 했었다.

신하들은 번왕정책을 반대했지만 주원장 살아생전에는 번왕정책이 효과를 발휘하여 대명제국의 국경을 튼튼히 했다.

그러나 새 황제 건문제를 보필하는 중신들은 번왕이 언제든 반기를 들 수 있다고 판단하여 새 황제를 설득해 무리하게 삭번 정책을 추진하였다.

황제의 숙부인 번왕들은 조정의 서슬 퍼런 무력행사에 속수무책으로 하나씩 제거되었으나, 넷째인 연왕 주체는 손 놓고 당할 만큼 호락호락한 인물이 아니었다.

그는 만약의 사태에 대비해서 비밀리에 자신의 군사를 키우고 있었고 엄청난 양의 무기도 마련해 놓고 있었다.

연왕 주체는 앉아서 당하지 않았다. 선수를 쳐서 먼저 군사를 일으켜 수도인 남경을 함락시킨 것이다.

주원장 시절 연왕 주체는 본래 북경지역을 관할하는 번왕이었다.

주원장은 자신의 아들들을 번왕에 봉할 때, '만약 황제 주변에 간신이 있을 경우 너희들이 일심 단결하여 간신을 처치하라'고 하였었다.

선수 쳐서 군사를 일으킨 연왕 주체는 '황제 주변에 있는 난신적자들을 처리한다'라는 명분을 내세웠다.

반란에 성공하자 연왕 주체는 조카를 쫓아내고 황위에 올라, 수도를 남경에서 자신의 근거지인 북경으로 옮겼다.

그리고 남경을 응천부라 명하고 북경을 순천부라고 명명하였다.

주체도 아버지 주원장의 잔인한 성품을 이어받아 남경성을 함락한 후 건문제에게 삭번 정책을 건의하고 지지한 신하들을 무려 1만 4,000명가량이나 도륙하였다.

피의 숙청이었지만 아버지 주원장이 숙청한 신하들에 비하면 새 발의 피였다.

권좌를 차지한 편에 선 자들은 기득권이었던 세력을 어떻게든 제거하려 하였다.

광비신수 진도삼과 적목귀수 도참 역시 세력 다툼에 희생된 경우였다.

삭번 정책이 시작되자 무림맹주 남궁일경은 20년 이상 맹주의 자리를 지켜온 고수의 감으로 정확하게 판세를 읽고, 정치와는 멀지도 가깝지도 않은 거리를 유지하며 철저하게 중립을 지켰다.

남궁일경은 삭번 정책이 시작되자 위기를 직감해 부마인 큰아들을 외국 사신으로 나가게 하고, 둘째는 금의위에서 나와 변경 근무를 자원토록 하였으며, 셋째의 과거를 극구 만류하여 평범한 유생으로 지내도록 하였다.

그러나 많은 무림인들은 주체의 부당함을 지적하고 건문제의 중신들과 교류하며 지위를 탐하다가 스스로 죽음을 재촉하는 결과를 맞이했다.

그때 남궁후는 아버지 남궁일경의 재빠른 판단과 실행, 처신에 감탄하였었다.

지금도 당시를 생각하면 짜릿한 전율과 아찔한 소름이 동시에 끼친다.

무림이란 본시 칼을 차고 칼날 위를 걷는 험로이지만, 권력과의 동거는 언제나 위태로운 여정이란 걸 뼈저리게 느끼는 한 시기였다.

"만일 그때 아버님의 노련한 처신이 아니었다면 우리 남궁세가도 멸문지화를 당할 수 있었어."

영락제는 찬위로 황제가 되었으므로 정통성의 취약함을 권위로 메우려고 하였다.

먼저 황궁을 지키고 수도를 방어할 금위군을 강화하였으며, 반란 세력을 사전에 차단하기 위해서 금의위를 재편하여 친군지휘사를 만들고 그 밑에 동창과 서창을 두어 천하의 기류를 탐지하고 불온 세력을 포착하려 하였다.

영락제는 정변 당시, 남경성을 막 함락하고 정변의 타당성을 고취하려고 유명한 문인 방효유한테 정변의 타당성을 부탁하는 글을 정중히 요청하였다.

그러나 방효유가 거절하자 영락제는 그의 손에 억지로 붓을 쥐여 줬다.

그러자 붓을 든 방효유는 '연적이 황제 위를 탈적했다!'라고 써 모욕을 주었다.

화가 난 영락제가 방효유를 협박해도 그는 굽히지 않았다.

"네놈이 이런 짓을 하면 네놈의 구족이 무사할 성싶으냐?!"

"10족을 멸한다 하더라도 난 그따위 글을 쓸 수는 없다!"

그러자 대로한 영락제는 진짜로 방효유의 10족을 멸해 버렸다.

10족은 친척과 그의 동문 및 문하생들까지 모조리 죽이는 것이다.

방효유와 연관되어 죽은 사람은 무려 873명이나 되었다.

아직도 세인들은 그때의 몸서리치는 살육을 쉬쉬하며 전하기도 한다. 권력은 무서운 것이나 꿀처럼 달기도 해서 한 번 맛을 보면 헤어나기 어렵다.

힘을 가졌으니 쓰고 싶은데 쓸 곳이 없는 경우도 있다.

세상이 안정되고 살림이 넉넉해지면 무장의 칼은 녹슬게 마련이다.

친군지휘사의 도독, 환관 기망(紀網)은 무소불위의 권력을 손에 쥐고 나서 그 권력을 휘두르고 싶어 했다.

그런데 마침 황제는 자신의 권력이 안전한 것을 확인하고 싶어 한다.

기망은 이 기회에 자신의 위치를 공고히 하고 적대 세력을 확실하게 누르고자 했다.

엄밀히 말하면 현 황제에게 반기를 드는 적대 세력은 없다. 기망이 자신의 적이라고 느끼는 세력은 주체를 황제로 만드는데 공을 세운 일등공신들이다.

일등공신들의 힘은 막강하다. 기망은 소위 일등공신들이 누리는 엄청난 기득권을 가져오고 싶었지만, 그들은 섣불리 건드릴 수는 없었다. 그들은 군대의 강력한 지지와 황제의 신뢰를 받고 있기 때문이다.

남궁후는 비교적 정확하게 현실을 직시하고 사실에 근접한 판단을 하였다.

'도독은 황제의 안전을 확인시켜 줄 의무가 자신에게 있다고 생각하겠지?'

혈겁의 시작은 아무도 짐작할 수 없는 작은 일에서 비롯되며, 겉보기에는 조정과는 전혀 관련 없어 보이는 강호에서 벌어질 수도 있는 법이다.

'어떤 혈사가 일어나기 전에는 반드시 그 조짐이 있는 법이야.'

남궁후는 어쩌면 명검 어장이 바로 그 발화점인지도 모른다는 생각을 했다.

물론 어떤 물증이 있거나 근거가 있는 판단은 아니고 단지 추측일 뿐이다.

그래서 뭔가 이상하다고 판단한 남궁후는 발 빠르게 움직였지만 명검은 어디론가 사라졌고, 명검의 진위 여부를 떠나 소문조차 검증되지 않았다.

남궁후가 확실히 인지하고 있는 것은 단 하나, 무림맹이 절대적인 위치를 확보해야 한다는 것.

대명제국 건설 이후, 강호는 대체로 평화로운 시기를 보냈다. 주체의 반란으로 혼동기도 있었지만 그것도 벌써 10년 전 일이다.

사실 문제는 혼란이 아니고 평화에 있었다.

평화로운 시기가 근 30년간 이어지니, 사회 곳곳에서 정체 현상이 일어나고 있는 것이다.

전쟁 시기에는 상대적으로 사상자가 많이 나므로 진급이 빠르다. 그러나 평화 시기인 지금은 늙은 장수들이 도무지 퇴진할 기미를 보이지 않는다.

그 점은 조정의 대신들도 마찬가지였다. 온갖 기득권을 누리는 공신들은 물러서기는커녕 더욱더 세력을 확장하여 기득권의 탑을 쌓아 올리고 있었다.

그들은 자신들이 타고 올라간 출세의 사다리를 걷어차서 치워 버렸다.

과거에 급제해도 제대로 된 벼슬자리 하나 꿰차지 못하는 게 작금의 현실이었다.

출세를 마음에 품은 자들은 당연히 불만을 키웠고, 무리지어 기득권을 질타하고 비판했지만 기득권에겐 우이독경, 마이동풍이었다.

기망은 진작부터 그 불만 세력을 주목하고 있을 것이다.

남궁후의 생각에 20년 이래 강호가 이렇게 부산스러운 적이 없었다.

누군가 끊임없이 강호에 소문을 흘려서 파리 떼가 꼬이도록 만들고 있다.

"칼날이 어디로 향할지 모른다. 만일 누군가 죽어야 한다면 무림맹의 대척점에 있는 인물들이어야 한다. 그러나 지금은 누가 아군이고 적인지 모호하다."

*　　　*　　　*

목탁을 태운 배가 항주 시내 영역을 벗어나자 수로가 넓어졌다.

넓어진 수로는 범선 여러 척이 나란히 운항할 만큼 넓었다.

운하를 운항하는 배들은 상선과 여객선, 화물선, 세곡선, 어선 등으로 종류가 다양하고 크기도 다양했으며 가장 많은 배는 화물선이었다.

화물선은 곡류와 채소류, 약재류, 목기류와 도기류, 축산물과 면직류 등을 동서남북으로 실어 나르며 대륙의 경제가 활발히 살아 숨 쉬게 만들었다.

목탁이 탄 배를 멀리서 뒤따르는 몇 척의 배들은 여러 모습으로 위장하고 있었다.

조비비와 추대평은 숙수를 고용하여 운하를 운항하는 배들에게 음식과 술을 제공하는 소규모 수상객잔을 꾸몄다.

개방의 팔결장로 소화천과 오결제자 및 그 수하들은 약재류를 운반하는 약선으로 꾸몄고, 개방의 수석장로 소화룡과 개방 항주 분타주 피연철도 객잔처럼 여객선을 꾸렸다.

그 외에도 여러 척의 배들이 목탁이 탄 배를 앞서거니 뒤서거니 하며 적당한 거리를 유지하고 있었다.

그들은 벌써 목탁에 대한 이야기를 들었다.

사실 목탁은 그들에게 그리 중요 관심 대상이 아니었다. 그럼에도 그들이 목탁을 뒤쫓는 이유는 감쪽같이 사라진 조비비가 나타날지도 모른다는 생각에서다.

조비비에 대한 관심 또한 그녀에 대한 관심이 아니라, 사라진 명검 어장 때문이었다.

명검은 역심의 증표라고 할 수 있지만 자신의 손으로 황제에게 바친다면 충성의 증표가 될 수도 있다. 충성의 대가는 당연히 누구나 꿈꾸는 부귀영화 아니겠는가?

목탁이 탄 배에는 관부의 죄인 호송을 나타내는 포(捕) 자 깃발이 바람에 나부꼈고, 탁상계의 배는 수군 소속임을 알리는 수군(水軍) 깃발이 달려 있었다.

한나절을 쉬지 않고 수로를 미끄러지듯 나아가던 배가 제법 번화한 마을이 형성된 지점에서 잠시 정박하였다.

탁상계가 깃발을 흔들며 정박을 알렸고, 포선이 다가오자 즙포사신 한광산에게 끼니를 때우고 가자고 하였다.

"식사할 땐 이것 좀 풀고 합시다."

오라에 묶인 목탁이 손을 내밀며 사정하자 한광산이 고개를 저었다.

"죄인은 배에서 내리지 않는다. 먹거리를 가져다 줄 테니 기다려라."

"목 군사, 먹고 싶은 것을 사다 줄 테니 뭐든 말하게."

탁상계가 호의를 보였으나 목탁은 딱히 먹고 싶은 게 없었다.

목탁은 입술을 삐죽 내밀고 퉁명스럽게 말했다.

"아니, 소피를 보려는데 손이 이러니……."

"이봐, 죄인의 하의 허리끈을 풀어줘라."

한광산은 사소한 일도 깐깐하게 처리하며 틈을 보이지 않았다.

한나절 동안 한광산의 취조에 시달린 목탁은 은근히 부아가 치밀었다.

"아니, 큰일도 봐야 하는데 뒤처리를 어찌하란 말입니까?"

그제야 한광산은 포졸에게 오라를 풀어주라는 명을 내렸다.

"오라를 풀어주고 너희 둘이 곁을 지켜라. 하튼짓하면 목을 쳐도 좋다."

탁상계와 한광산이 수하들과 같이 배에서 내린 곳은 수로와 육로가 겹치는 곳으로 대륙의 다양한 표국이 늘 거쳐 가는 중간 물류 유통집산지였다.

마을은 번성했고 배가 정박하는 곳은 수많은 배의 인부들이 각종 화물을 내리고 싣느라 분주하게 움직였으며, 마차로 운송하는 표국의 화물들을 옮기는 쟁자수들도 여럿이 보였다.

한광산 일행이 들어간 객점은 식탁이 오십여 개가 놓인 제법 큰 규모의 객점이었다. 객점 안은 먼저 자리 잡은 표국의 표사와 쟁자수와 인부들로 시끌벅적했다.

한광산이 앉은 옆 탁자에는 낮술이 거나한 표사들이 이야기를 나누고 있었다.

사내들은 한광산 일행에 별 신경을 쓰지 않고 자신들의 대화를 이어 나갔다.

"하하하! 내가 칼 차고 마차를 탄 채 천하를 주유한 게 벌써 이십 년이 넘었네. 자네들은 얼마나 됐나?"

"이제 칠 년 됐습니다."

"칠 년이면 아직 솜털도 안 가신 햇병아리구먼."

"예! 우린 풍 형님에 비하면 새 발의 피죠."

이야기는 주로 머리가 희끗한 초로의 사내가 하는 쪽이고 맞은편의 사내 둘은 고개를 끄덕이며 그의 말에 추임새를 맞췄다.

"옛날에 검신으로 불렸던 사람이 있었지. 이름은 나도 잘 몰라, 시대마다 칼 좀 쓴다는 위인들이면 위세를 떠느라 검호니, 검귀니, 검협이니 해가면서 이런저런 이름을 붙여서 부르길 좋아했으니까."

"형님도 칼 밥 먹은 게 수십 년 됐죠?"

"아까 말했잖아. 마차 탄 것만 해도 이십 년이 넘었다고. 벌써 취했나?"

"아차! 내 정신 봐라. 죄송합니다, 풍 형님."

"검을 잡고 칼 밥을 먹는다는 건 결코 쉬운 일은 아니야. 지방 표국의 말단 표사라도 어찌됐던 칼을 잡으면, 제 한목숨은 물론 운송 물건의 안전과 호위를 책임진 인물을 위해 목숨 걸고 싸워야 하니까."

"그렇죠. 돈 몇 푼 받지만 어쨌든 목숨 걸고 지켜야죠."

"아, 맞아, 물론 미친 짓이지. 나라를 구하고 가족을 지키는 것도 아닌데, 고작 세 끼 밥 먹자고 풍찬노숙에 칼부림이라니, 좌우간 표사라는 직업은 제정신 가진 놈이 할 짓은 아니란 얘기야."

"난 공짜로 여행도 하고 좋다고 생각했는데, 듣고 보니 그게 아니네요."

이야기하는 품새로 보아 머리가 희끗한 사내는 표국의 표사이고 맞은편의 사내들은 짐꾼인 쟁자수로 보였다.

"아닌 말로 표국이 가업이라도 된다거나, 다른 일에 비해 월등히 보수가 좋다면 모르지만 말야. 허파에 헛바람 들어서 칼 차고 다니면 남들이 대단하게 생각하는 줄 알지만, 어느 누가 칼잡일 좋아하겠어? 그냥 좀 무섭기도 하지만 대체로 더러워서 피하는 거야."

"그걸 알면서… 왜?"

"왜 표국에서 칼 밥을 먹느냐고? 어쩌겠어, 배운 게 이거고 할 줄 아는 게 이거뿐인데. 한 번 배운 칼질을 잊어 먹을 일도 없고, 솔직히 이게 모양은 좀 나잖아. 뙤약볕에서 괭이질하는 것보다 열 배는 쉽고, 저잣거리에서 간, 쓸개 떼놓고 장사하는 것보다는 칼 맞을 때 맞더라도 배짱은 편하잖아."

"어쨌든 강호의 협객이란 자부심도 대단한 거죠."

"지랄, 강호에 협이 어디 있고 의가 어딨어? 강호나 저잣거리나, 이승이나 저승이나, 세상은 전(錢)이야. 돈이면 처녀 부랄 빼놓고는 다 돼!"

"그럼, 돈을 벌려면 진작 장사를 하셨어야……."

"장사로 무슨 돈을 벌어? 돈을 벌려면 권력을 잡아야지. 아니면 권력 잡은 놈한테 찰싹 달라붙어서 손바닥 비비고 꼬리를 흔들어대야 돈이 생기는 법이야."

초로의 사내가 손으로 꼬리 치는 시늉을 하자 그 모습을 본 탁상계와 한광산은 쓴웃음을 지었다.

"아, 물론 돈 벌려면 사업을 해야겠지. 여불위처럼 천하를 구상하고 도모하는 것도 좋지. 하지만 지금 세상은 난세가 아니고 태평성대잖아. 이런 시기엔 관부가 최고지. 허가받은 도둑놈들이잖아."

세상 사람들이 흔히 하는 얘기지만, 관복을 입고 있는 한광산의 입장에선 표사의 말은 조금, 아니 제법 귀에 거슬리는 말이었다.

그래도 딱히 시비를 가릴 정도의 말은 아니라 한 귀로 흘렸다.

"관부 중에는 금의친군도지휘사사(錦衣親軍都指揮使司)가 최고지. 아무나 멋대로 잡아다 족쳐서 없는 죄도 만들어내잖아. 힘없는 놈이 죽지 않으려면 천금, 만금 있는 대로 갖다 바쳐야지 별수 있나?"

즙포사신 한광산이 더 이상 참지 못하고 자리를 박차고 일어났다.

"이봐! 당신 눈에는 관복을 입은 우리가 안 보이나?"

그러자 초로의 사내가 눈을 꿈벅이며 느릿하게 대꾸했다.

"그게, 맹인이 아닌데 어찌 안 보이겠습니까?"

"하면 말을 가려서 해야 한다는 생각이 안 드는가?"

한광산이 매서운 눈으로 쏘아보며 사납게 외쳐도 초로의 사내는 별 동요가 없었다.

"사람이 하고 싶은 말을 참고 살면 가슴에 병이 생긴답니다."

"정녕 세 치 혀를 잘못 놀리다 형장의 이슬로 사라지고 싶은가?"

"사람의 목을 친다고 해도 진실이 바뀌지는 않는 법이라오."

한광산이 눈을 부릅뜨고 서슬 퍼렇게 외쳐도 초로의 사내는 술이 들어간 탓인지 즙포사신을 빤히 보면서도 태연하게 대꾸했다.

한광산은 일단 관부의 위엄으로 점잖게 다스리려 했다.

"그대는 관부 중에 최고의 관부인 금의친군사를 능멸하고도 온전하길 바라는가?"

관복을 입은 즙포사신이 이렇게 나오면 누구든 겁을 먹고 꼬리를 내리는 게 순서다.

그런데 초로의 사내는 한광산을 힐긋 보더니 태연한 표정으로, 마시던 술을 입에다 털어 넣더니 따지고 나왔다.

"세상이 다 아는 사실을 말하는 게 어찌 능멸이란 말이오? 조정의 중신들도 도독인 환관의 눈치를 살피고, 동창, 서창이 악의 축인 걸 당신은 모른단 말이오? 당신은 이 세상 사람이 아니오? 세상 사람이 다 아는 걸 어찌 당신만 모른단 말이오? 관부에서 일한다고 했는데, 어디 하늘나라 관부에서 오셨소?"

한광산은 사내의 노골적인 발언에 잠시 말을 잊고 입을 딱 벌렸다.

그는 상대가 안하무인으로 나오자 격분보다는 당혹스러웠다. 이쯤 되면 관부와 싸우자는 얘기니 즙포사신으로서 피할 수 없다.

철컥! 스릉~

한광산은 검집에서 느릿한 속도로 검을 뽑았다.

예리한 검광이 보는 이의 가슴을 서늘하게 만들었다.

한광산이 검을 되도록 천천히 뽑은 것은, 검을 본 사내가 숙이고 들어오면 훈계 정도로 마무리할 생각이었기 때문이다.

수하 포졸들도 한광산을 따라서 일제히 검을 뽑고 초로의 사내를 겨눴다.

처처척!

모두 다섯 자루의 검이 초로의 표사를 겨누었다.

한광산은 관부의 위엄을 보이고, 공정한 업무 집행을 알리는 뜻에서 목소리를 높였다.

"지금이라도 사죄를 한다면, 자네의 실언은 없었던 일로 하겠다."

한광산의 쩌렁한 목소리에 와자하던 객점이 물 끼얹은 듯이 조용해졌다.

아차하면 볼만한 활극이 펼쳐질지도 모르는 순간이다.

식사를 하고 술을 마시던 사람들의 시선이 한광산과 초로의 사내에게 집중되었다.

초로의 사내가 한광산의 말에 어찌 반응할지 지켜보는 사람들은 마른침을 삼켰다.

검을 보고도 긴장하거나 당황하지 않는 초로의 사내도 녹록지 않아 보인다.

어쨌든 칼을 찬 표국의 표사로 수없는 실전을 치른 경력자다.

초로의 사내는 주위를 한 번 돌아보고, 묵묵히 빈 잔에 술을 따르다 무릎을 쳤다.

타악!

"아, 생각났다. 이름이 일검귀사(一劍貴士) 대대붕(大帶棚)이었을 거야."

"에? 그, 그게 누군데요?"

느닷없는 사내의 말에 맞은편의 쟁자수 두 사람이 고개를 갸웃거렸다.

"누군 누구야, 검신(劍神)으로 불린 사람 말이야. 근데 그게 사실 말이 안 돼요. 사람인데 어떻게 신이란 거야? 신검합일, 신인합일, 개 풀 뜯어먹는 소리하지 말라고 해. 제 멋에 겨워서 떠든 헛소리거나 자기최면에 걸려서 지껄이는 게야. 아, 뭐 시비 걸 생각은 없어. 다 자기 잘난 맛에 사는 거니까. 안 그런가?"

초로의 사내가 엉뚱한 말을 하자 한광산의 눈꼬리가 위로 추켜올라 갔다.

한광산은 치밀어 오르는 분노를 찍어 누르고 다시 한 번 소리쳤다.

"당장 사죄하지 않으면, 네놈을 관부 모독과 유언비어 날조죄로 체포하겠다!"

초로의 사내가 게슴츠레한 눈으로 한광산을 보더니 혀 꼬부라진 말을 토해냈다.

"뭐? 아아, 난 지금 얘기 중이야. 별거 아냐. 대장부가 칼 찼으니, 가죽보다는 이름을 남겨야겠고… 부귀영화도 별로 사양할 생각은 없는데……. 실력은 있는데 기회가 안 오는 건지, 실력이 없어서 기회가 와도 못 잡은 건지 난 그걸 잘 모르겠어."

초로의 표사는 한광산은 아예 안중에도 없다는 태도로 일관하고 있었다.

한광산은 검을 빼 들어도 도무지 관부의 위엄이 세워지지 않자 난감했다.

괜히 술 취한 사내의 헛소리에 낚여서 검을 빼 든 자신의 처신이 애매해진 것이다.

 물론 당장 체포할 수도 있으나, 관아로 가면 술에 취해 기억이 안 난다고 할 게 안 봐도 춘화도 화첩처럼 생생하다.

 맞은편의 쟁자수들이 슬쩍 한광산의 눈치를 살피며 말 꼬리를 이었다.

 "풍 형님은 내공 수련은 얼마나 하셨어요?"

 "내공 수련? 내가 그런 거 키웠으면 표국이나 기웃거리겠냐? 강호에 이름난 어엿한 문파에 찾아가 검객으로 대접받으면서 호의호식하고 지내지."

 "무공비급 같은 거 구해서 연마 좀 하시지."

 "무공비급? 웃기지 마! 난 그런 거 안 믿어. 석년에 종남파 총관이란 놈이 저잣거리 불한당에게 박살 나더라. 비급 어쩌고 하는 거 다 사기야. 진짜야, 내가 두 눈으로 봤다니깐."

 초로의 사내는 자신의 두 눈을 손가락으로 가리키며 진짜를 강조했다.

 한광산은 당연히 사내의 말이 말도 안 되는 헛소리라고 생각했다.

 종남파가 구파일방에 비해서 유명세가 좀 떨어지긴 하지만, 무공으로 따지면 구파일방보다 결코 약하다고 할 수 없는 전통의 명문 정파이기 때문이었다.

 종남파 총관이면 누가 뭐래도 강호에서 일류고수급이다.

실전이라면 거리의 불한당 따위는 일 초식도 견디지 못하고 초주검이 될 것이다.

그런데 이자는 지금 말도 안 되는 소리를 진짜라고 우기고 있다. 다시 말해 초로의 사내는 지금 술이 취해 횡설수설하는 것이다.

괜히 술 취한 놈을 상대로 검을 빼 든 자신의 모습만 뻘쭘해졌다. 그렇다고 호기롭게 빼 든 칼을 슬며시 집어넣는 것도 어색한 일이다.

바로 그때, 나이 지긋한 표사가 허둥지둥 달려와 술 취한 사내를 나무랐다.

"아, 이 사람아, 대낮부터 또 술인가? 마차가 출발해야 하는데 술타령만 하고 있으면 어쩌란 거야? 얼른 정신 챙겨서 일어나! 그래 가지고 말이나 타겠나?"

나이든 표사는 검을 빼 든 한광산에게 머리를 조아리며 대신 사죄를 했다.

"나으리, 이놈이 술 취해서 정신 나간 소릴 지껄인 것이니 용서하십시오. 약소합니다만 이걸로 목이나 축이시고, 이놈은 제가 데리고 가서 혼찌검을 내겠습니다."

나이 든 표사가 끼어든 덕에 한광산은 비로소 검을 집어넣을 명분이 생겼다.

같은 시각, 채반에 음식을 받쳐 든 점소이가 목탁이 타고 있는 배 곁으로 다가왔다.

"나으리! 식사 가져왔습니다."

"어, 이리 주게."

출출했던 포졸들은 얼른 채반을 받아 챙겼다.

채반에 담긴 음식은 삶은 고기와 만두, 죽엽청이었다.

포졸들은 별다른 의심 없이 고기와 만두를 먹고 죽엽청을 한 잔씩 따라 마셨다.

목탁도 손목이 묶인 채로 만두와 고기를 집어 먹었다.

목탁이 죽엽청을 보고 입맛을 다시자 포졸이 한 잔 부어주었다.

음식을 절반도 먹기 전에 포졸들과 목탁은 입이 찢어져라 하품을 했다.

"흐아아암, 왜 이렇게 잠이 쏟아지……."

말을 끝맺지도 못하고 포졸 둘과 목탁은 그대로 곯아떨어졌다.

음식을 가져온 점소이는 세 사람이 곯아떨어진 걸 확인하고, 곧바로 포(捕) 기를 내리고 부지런히 노를 저어 배를 운하 저편 어디론가 끌고 갔다.

*　　　　*　　　　*

이 각쯤 지나, 객점에서 식사를 마치고 돌아 온 한광산과 탁상계는 배가 없어진 걸 확인하고 얼굴이 흙빛이 된 채 주변 사람들에게 수소문을 하였다.

"포(捕) 기를 단 배를 못 보았소? 여기 있었는데."

"글쎄요. 여기는 배들이 워낙에 많이 드나드니까……."

한광산과 탁상계는 수하들을 이끌고 주변을 발바닥에 땀이 나도록 돌아다니며, 눈에 보이는 사람마다 붙잡고 물었으나 별 소득이 없었다.

포졸과 병사들이 분주하게 뛰어다니는 모습을 보고 낚싯대를 드리우던 청년이 관심을 보이며 포졸들 쪽으로 다가왔다.

"나리들, 아까부터 뭘 그리 열심히 찾으십니까?"

"아, 포 기를 단 배를 알고 있소? 이 정도 크기의 배인데 혹시 못 봤소?"

"아까 보니까 저쪽에 포 기를 단 배가 보였는데, 이 각 전에 기를 내리고 저쪽으로 가는 걸 보았습니다.

이 각 전이라면 발 빠른 비선을 구하면 충분히 따라잡을 수 있는 거리다.

한광산과 탁상계는 이번에는 추격할 배를 구하려고 부리나케 뛰어다녔다.

낚싯대를 드리웠던 청년은 즙포사신 한광산이 비선을 구해서 떠나는 걸 보고 낚싯대를 거두고, 정박 중인 수상 이동 객점으로 꾸민 배에 올라탔다.

배에는 숙수 차림의 사내와 추대평과 조비비가 늦은 점심을 챙겨 먹고 있었다.

"부탁하신 대로 포선이 저쪽으로 갔다고 했더니 그리로 갔습니다."

"고마워요. 수고했어요."

조비비에게 은전 한 냥을 받아 챙긴 낚시꾼은 입이 귀에 걸렸다.

낚시꾼이 배에서 내리자 조비비가 탄 배는 한광산이 탄 비선과 반대 방향으로 뱃길을 잡고, 돛을 펼쳐 바람을 탔다.

*   *   *

얼마나 시간이 지났을까?

목탁은 머리가 깨지는 아픔을 느끼며 잠에서 깨어났다.

"어?! 여기는?"

주위를 둘러보니 한광산과 포졸들은 보이지 않고 머리가 희끗한 초로의 사내가 자신을 바라보고 있었다.

초로의 사내는 객점에서 술주정을 하여 한광산의 심기를 불편하게 하였던, 표국의 표사인 양 행세하던 풍 형이라 불린

바로 그 사내였다.

"하하핫! 코를 골며 자는 걸보니 어지간히 피곤했던 모양이야?"

"저어, 누구신지? 여기는 어딘가요?"

"하하하! 몽혼약을 탄 음식과 술을 마셨으니 조갈이 날 걸세. 일단 이 시원한 냉수부터 쭉 들이켜게."

아닌 게 아니라 목탁은 목이 바짝 타는 느낌이라, 사내가 건네준 호리병의 냉수를 벌컥벌컥 들이켰다.

"저와 같이 있던 포졸들은 어디 있습니까?"

"포졸들은 그 배에다 그대로 두고 자네만 이 배로 옮겼네."

"저를 왜 이 배로 옮기신 겁니까?"

"녹림 18채의 총표파자와 채주들이 자네를 보고 싶어 하네."

"녹림 18채의 총표파자와 채주들이… 왜요?"

"자세한 건 모르지만 잡혀가는 자네를 구해내야 한다고 한 것 같은데."

목탁은 녹림 18채의 채주들이 자신을 구하기 위해 나섰다는 게 뜻밖이었다.

자신이 없어지면 한광산이 난리가 날 테고, 황궁에 가지 않으면 마룡도의 사숙과 해적들의 운명이 어찌될지 모른다.

"저는 잡혀가는 게 아니라 황궁에 보고하러 가는 길입니다."

"잡혀가는 게 아니면 그 손에 묶인 오랏줄은 뭔가?"

"아, 이건 설명이 조금 복잡한데, 어쨌든 저는 다시 돌아가야 합니다."

"뭐, 조금만 더 가면 총표파자와 채주들을 만날 테니 그들을 만나거든 얘기하게."

목탁은 자신이 오라에 묶여 포졸들과 같이 있는 걸 보고, 녹림의 채주들이 오해한 것으로 생각하였다.

창연대 붕괴 후 보이지 않는 적에게 암습을 당할 때도 녹림의 채주들은 물에 빠진 자신을 구하려 했었다.

그들의 호의는 고맙지만 지금은 일이 엉뚱하게 꼬여 버린 형국이 되었다.

이 각이 지나지 않아 제법 큰 규모의 화물선 한 척이 목탁을 태운 배 가까이 다가왔다.

뱃전의 낯익은 얼굴이 목탁을 보자 반갑게 소리쳤다.

"카하핫! 목 대협! 이렇게 다시 만나니 반갑소이다!"

걸걸한 목소리로 화통하게 외치는 자는 녹림 1채주 황천길이었다. 그 옆에 선 총표파자 냉혈마제 벽혈무도 환하게 웃으며 손을 흔들어 보였다.

목탁은 약간의 반가움과 난처함으로 어정쩡한 포권을 하였다. 벽혈무는 자신의 구출 작전이 성공한 것을 매우 흡족해했다.

"하하하! 친구! 잘 지냈는가?"

목탁이 그들의 배에 오르자 마치 헤어진 혈육이 상봉하듯
이 포옹을 하였다.

"우리 애들이 목 대협이 체포되어 끌려간다는 첩보를 물어
오자마자 곧바로 구출 작전을 세우고 출동했다네. 우린 친구
아닌가? 콰하하핫!"

"구출 작전은 고맙습니다만 저는 반드시 황궁에 가야만 합
니다."

"뭔 소리야? 현상 수배된 해적은 사형 아니면 강제 노역시
키는 걸 모르나? 어쩐지 친근하게 느껴진다 했더니 목 대협이
해적이었기 때문이었던 거야. 해적 군사인 줄은 꿈에도 몰랐
었네. 카하하핫!"

목탁은 자신이 황궁에 가야 하는 이유를 벽혈무에게 자세
히 설명했다.

목탁의 설명에 벽혈무는 파안대소를 터뜨리며 두툼한 손으
로 뱃전을 두드렸다.

"카하하핫! 자네가 적목귀수 도참과 해적들을 구하러 황궁
에 간단 말이지?"

"그렇습니다. 저는 황궁에 가면 해적 섬멸의 공으로 지난 죄
를 모두 사하고 복권될 겁니다."

"카하하핫! 목 대협은 보기보다 어리석고 멍청하구먼. 눈

뜨고 코 베어가는 세상에서 어찌 살아가려고 이렇게 순진무구한 생각을 하시나?"

"아니, 진짜로 제독이 서면으로 약속을 했습니다."

"제독이 자네를 죽이라고 명을 내렸다며?"

"아, 그렇지만 전서구를 제가 가로챘거든요."

목탁의 이어지는 설명에 벽혈무와 황천길이 혀를 찼다.

"쯧쯧! 목 대협, 잘 듣게. 없는 죄도 만들어내는 게 황궁일세. 자네가 들어가면 아마 다른 해적이 노략질한 것도 모두 자네가 한 짓이 될 걸세. 세상에는 가장 악독한 해적을 잡았다고 소문이 날걸."

"아닙니다. 탁상계 부관 대리가 제독의 직인이 찍힌 서찰을 갖고 있습니다."

목탁은 건달 출신이긴 해도 어려서부터 관부에 대한 신뢰가 남달랐다.

관부를 좋아하진 않았지만, 그들이 움직이면 질서가 잡히고 세상이 제대로 돌아가는 느낌이 들었다.

태생적으로 관부의 눈치를 살피는 습관이 들어 있어서인지, 건달 이삼사 시절부터 관부가 움직이면 일단 몸부터 사리고, 이단은 요령껏 피하고, 삼단은 관부에 적절한 연줄을 대는 것이 최고의 처신이라고 굳게 믿고 있었다.

"제독보다 높은 게 황제고, 황제의 명은 금의친군사에서 초법적으로 집행하네. 적목귀수는 반역자로 낙인찍혔던 인물일세. 절대로 살려줄 리가 없어."

"하지만 이번 일은 사숙과 해적들 300명의 목숨이 걸린 일입니다. 전 가야 합니다."

목탁은 만일 자신이 사면과 복권을 받아오지 못하면, 사숙과 해적들이 무사하지 못할 것이라고 생각했다.

벽혈무는 고개를 살래살래 저으며 황궁행의 불가함을 재차 강조했다.

"내 짐작으로는 아마 적목귀수 도참이 자네를 시험하는 것으로 보이네."

"에?! 시험이라니, 뭘……?"

"우린 수적, 도참은 해적… 서로 대륙과 바다를 기반으로 활동하고 있지. 활동 지역이 다르지만 우린 서로 긴밀하게 소통하고 교류하고 있다네. 그동안 우린 대륙의 정보를 해적들에게 제공하고, 해적들에게 바다의 정보를 제공받아 왔네."

第五章
목탁, 얼굴을 바꾸다

목탁으로선 녹림과 해적이 교류한다는 얘기는 뜻밖이었다.

"바다엔 언제든지 우리가 될 수 있는 해양기지가 있고, 대륙엔 해적들이 스며들어 활동하는 비밀 터전이 있다네. 우리의 기지와 해적들의 터전은 나와 도참만 알고 있지. 황궁으로 가는 건 포기하고 내가 알려주는 곳으로 가게. 거기 가면 도참과 연결이 될 걸세."

"하지만 사숙은 지금 마룡도에 수군과 같이 있는데……."

"도참은 해적왕일세. 바다에선 최고란 뜻이지. 우리도 그렇지만 해적들도 도망칠 길은 확실하게 확보해 놓고 움직인다네. 도참이 맘만 먹으면 언제든지 수군을 뿌리치고 바다를 누빌 걸세."

목탁이 황궁으로 갈지, 해적들의 비밀 터전으로 갈지 고민하는 동안, 몇 척의 배가 서서히 거리를 좁히며 조심스럽게 화물선 곁으로 다가왔다.

녹림 총표파자 냉혈마제 벽혈무와 1채주 황천길은 거리를 두고 뒤따르는 다른 배들의 접근을 눈치채고 있었으나 그다지 신경 쓰지는 않았다.

그도 그럴 것이 녹림 18채와 사생결단을 낼 일이 있다면 모르지만, 중대한 사안이 아닌데 강호에서 녹림 총표파자에게 시비를 걸 정신 나간 위인은 없다고 보기 때문이다.

그때, 난데없는 꽹과리 소리가 조용히 배들이 오가던 수로를 진동시켰다.

꽹쾌꽹꽹! 꽹꽹!

꽹과리 소리에 이어, 저 유명한 각설이 타령이 사람들의 귓전을 울렸다.

어얼씨구씨구 들어간다~
저얼씨구씨구 들어간다~
작년에 왔던 각설이~ 죽지도 않고 또 왔네~

느닷없는 각설이 타령에, 주변을 지나는 배에 탄 사람들은 목을 빼고 소리의 진원지를 찾느라 고개를 좌우로 돌렸다.

꽹과리 소리와 각설이 타령은 개방의 걸(乞) 기가 휘날리는 배에서 울려 퍼졌다.

목탁의 눈에는 거지들의 흥겨운 놀이 한마당이 펼쳐지는 걸로 보였다.

벽혈무는 인상을 찌푸리며 욕지거릴 퍼부었다.

"미친놈들! 거지새끼들이 시도 때도 없이 타령일세. 시끄럽다, 이놈들아!"

"하하! 요즘은 거지들도 배 타고 여행하면서 구걸하나 보네요."

목탁은 그 모습이 좀 우습기도 하고 신기하기도 하였다.

"구걸하는 게 아니네. 각설이 타령은 위대한 성현의 도를 알리는 노래일세."

목탁이 재미있어 하자 목탁을 데려온 초로의 사내가 이상한 말을 했다.

"에? 각설이 타령은 거지들이 밥 빌어먹을 때 외치는 타령 아닌가요?"

"각설이(覺說理)는 말 그대로 깨달음의 이치를 전하는 말일세."

처음 들어보는 말에 목탁의 고개가 갸웃했다.

"무슨 깨달음을 전하나요?"

"자고로 사람들에게 깨달음을 알려주는 것이 성현들의 할 일인 터, 얼씨구는 얼의 씨를 구하라는 의미로, 얼의 씨가 몸 안에 들어간다는 뜻일세. 저얼씨구씨구는 네 얼의 씨도 몸 안에 들어간다는 뜻이지. 작년에 왔던 각설이 죽지도 않고 또 왔다는 건, 전생에 깨달은 영은 죽지 않고 이생에 다시 태어난다는 뜻일세."

"……"

각설이타령의 설명을 들은 목탁은 잠시 말을 잃고 초로의 사내를 다시 보았다.

그저 나이 든 평범한 사내로 생각했는데 뭔가 내공이 남다른 느낌이 들었다.

"누구나 한 번 사는 인생, 영의 윤회를 미신으로만 보지 말게. 영은 돌고 돌면서 계속 태어나는데 살아서 영을 잘 가꾸지 않으면 다음 생에 이런 거지 꼬라지가 되기 쉬우니 이 사실을 잘 알아라! 각설이 타령은 바로 그런 뜻인 거지."

"아하! 각설이 타령에 그런 심오한 철학이……. 전 미처 몰랐습니다."

목탁은 사내의 말에 크게 공감되어 고개를 끄덕였다.

그러나 벽혈무는 냉소를 날리며 또 욕을 퍼부었다.

"심오한 철학은 개뿔, 그래 봤자 구차하게 빌어먹는 걸개들이지. 거지새끼들아! 썩 꺼지지 않으면 뜨거운 맛을 보여줄 테다!"

벽혈무가 걸개라며 욕을 했지만, 목탁은 수로에서 칼 들고 도적질하는 녹림채보다 표주박 들고 구걸하는 걸개들이 더 낫다는 생각이 들었다.

초로의 사내는 그런 목탁의 마음을 헤아리는 듯, 각설이 타령의 의미를 정리해 줬다.

"인생을 바로 알아 영적으로 성장하는 참다운 사람이 되라는 내용일세. 어쨌든 무료한 뱃길에 볼거리가 생겨서 심심하진 않구먼."

목탁은 초로의 사내가 어쩐지 정겹게 느껴지고, 그의 말 몇 마디에 인생의 귀한 가르침을 받은 기분이 들었다.

"좋은 가르침에 감사드립니다."

"수업료 계산은 현찰로 하세."

목탁의 감사에 초로의 사내는 서슴없이 손을 내밀었다.

목탁은 살짝 김이 샜지만 술 한잔 대접하고 싶은 마음이 더 컸다.

"얼마나 드리면 될지?"

"다다익선이지."

목탁이 품에서 은전 한 냥을 꺼내자 초로의 사내가 날름 받아 챙겼다.

"앞으로 인생이 갑갑하거나 마음이 불안하거나 초조할 때, 선택의 기로에서 좌우분간이 안 될 때, 뭐든지 좌르르 풀어서 해결해 줄 테니 종종 애용하시게."

그의 발언이 어쩐지 약장수 느낌이 들어서 목탁은 그의 전직을 의심했다.

"혹시, 전직이… 저잣거리에서 돗자리 깔고 역리철학을……?"

"직업은 아니고 취미 삼아서 수상, 관상, 두상, 족상, 심상을 조금씩 공부하고, 점성술과 주역도 곁눈질로 조금 배웠지. 꿈 해몽이나 전생, 이생, 내생도 두루 꿰니까 궁금한 거 있으면 뭐든지 언제든지 배움을 청하게."

"지, 진짜로 전생이란 게 있나요?"

"있지! 전생, 전전생, 전전전생, 누구나 수없이 많은 전생이 있네. 인간의 영혼은 1만 2천 년 윤회하는 법일세. 물론 육도 환생으로 순환하지."

목탁은 문득 자신의 전생이 뭐였는지 궁금한 생각이 들었다.

"제 전생이 뭐였는지 알 수 있을까요?"

"물론이지. 알 수 있는데 선불이야. 가끔 자기 전생이 맘에 안 든다고 계산 안 하고 도망가는 수가 있거든."

초로의 사내가 손을 내밀었지만 목탁은 어쩐지 미심쩍은

기분이 들었다.

"왜 계산 안 해?"

"저어, 전생이 마음에 안 들면 좀 그러니까 나중에……."

각설이 타령이 끝나자 수로가 조용해졌다.

*　　　*　　　*

각설이 타령으로 수로를 시끄럽게 했던 걸(乞) 기를 단 배가 조비비의 수상 이동 객점선 옆으로 다가갔다.

"루주, 개방의 소화룡이 뵙기를 청합니다."

조비비는 자신의 존재를 시끄럽게 알리며 나타난 소화룡이 부담스러웠다.

그의 곁에는 여인객잔의 반 토막 피연철이 시립하고 있었다.

"각설이 타령으로 유명하신 수석장로님을 모시기엔 배가 누추합니다."

"허허허! 괜찮소이다. 누추한 곳이야말로 걸개들에겐 딱 맞는 자리입니다."

소화룡과 반 토막 피연철은 조비비가 모시기도 전에 신형을 훌쩍 날려 조비비의 배로 건너왔다.

"수석장로님께서 무슨 일로 저를 찾으셨는지요?"

"거두절미하고, 난 명검의 소재와 소문의 근원을 알고 싶어서 왔소이다."

"명검은 제게 없습니다. 저는 저와 교분이 있는 대리인으로부터 하오문주의 청부를 받고 소문을 냈을 뿐입니다."

"루주는 그리 말하지만 소문은 어장검이 창연대 비밀금고에 있다고 하오."

"그, 그렇지 않습니다. 그것은 누군가 헛소문을 낸 것입니다."

"나도 헛소문이면 좋겠는데, 오늘 새벽에 비상 출동한 무림맹의 금검대 검사들이 창연대 붕괴 현장에서 지하 비밀 금고를 발견해 어장검을 찾아냈다는 보고를 접했소. 어장검은 지금 금검대 검사들이 무림맹 본부로 이송 중이라고 하오."

"예에?!"

조비비는 귀신이 곡할 소식에 기절초풍하여 정신이 나갈 지경이었다.

사라진 명검이 창연대의 지하 금고에서 나오다니, 있을 수 없는 일이다.

그렇지만 지금 개방의 수석장로 소화룡이 자기에게 허튼소리를 할 리도 없다.

"그리 말씀하셔도 전 도무지 아는 바가 없으니 드릴 말씀이 없습니다."

게다가 어장검이 나온 장소가 창연대라니……. 조비비로선 도무지 이해할 수 없는 일이었다.

강호의 고수들이 귀를 열면 근거리의 소곤거리는 대화도 청취가 가능하다.

소화룡과 조비비의 대화는 근거리에서 지켜보는 녹림선의 벽혈무와 황천길도 똑똑히 들었다.

어장검이 나타났다는 뜻밖의 말에 녹림 총표파자 냉혈마제 벽혈무와 1채주 황천길의 눈빛이 달라졌다.

그렇다면 누군가 창연대를 붕괴시킨 건, 어장검을 찾기 위해서였던 것인가?

그런데 비상 출동한 무림맹 금검대는 어떻게 그걸 찾아냈을까?

조비비는 창연루와 관련된 모든 걸 잊고 새 출발하고 싶은 마음이었다.

어쩐지 창연루가 자신의 발목을 잡고 물속으로 끌고 가는 기분이 들었다.

조비비가 떨리는 목소리로 되물었다.

"그, 그게 어떻게 창연대 붕괴 현장에서… 나오죠?"

"그건 내가 묻고 싶은 말이오. 루주가 거짓말을 했거나, 무림맹 금검대가 엉뚱한 검을 어장검으로 잘못 알고 있거나, 둘 중 하나겠지."

눈을 지그시 내리깔고 조비비를 쏘아보는 소화룡의 눈빛이 매서웠다.

"루주는 지금 어디로 가고 있는 것이오?"

"저는… 마음을 달래고 머리를 식힐 겸, 여행을 좀 하려 합니다."

정확하게 말하면 조비비는 지금 여행보다는 목탁을 따라가는 것이지만, 말하기 편하게 여행을 하는 중이라고 했다.

"루주, 여행을 좀 뒤로 미루고 우리와 같이 어디 좀 갑시다."

"예? 어, 어디를요?"

"일단 무림맹 본부로 같이 가서 어장검을 확인해 주시오."

"저, 저는 지금 여행 중이라 곤란합니다."

"어장검의 소문이 나온 곳이 창연루고, 검이 발견된 곳은 창연대요. 루주는 이 점을 어찌 생각하시오?

"그, 글쎄요. 전 지금은 아무 생각도……."

"무림맹에서 첩지를 돌렸소. 루주가 맹회에서 사실을 증언해 주면 고맙겠소이다."

조비비는 뭐라고 대답해야 할지 난감했다.

맹회는 무림맹 지부가 아닌 본부에서 열리는 중대 사안을 결정하는 회의다.

무림맹주를 비롯한 구파일방과 오대세가의 장문인과 원로들이 참석한다.

맹주 남궁일경이 주최하는 맹회는 그 권위가 막강하고 강호의 신뢰가 깊다.

일련의 소동을 지켜보던 목탁도 어찌해야 할지 판단이 서지 않았다.

초로의 사내는 한눈에 저들의 수작을 간파하고 중얼거렸다.

"수작이구먼. 어장검이 나왔으면 그만이지 루주가 거길 뭐하러 가? 얘기 돌아가는 걸 보니 뭔가 숨기는 게 있구먼. 뭔가 다른 꿍꿍이가 있는 거야!"

초로의 사내 이야기에 고개를 끄덕거린 냉혈마제 벽혈무가 뱃전으로 다가와 소화룡에게 소리를 질렀다.

"소화룡 장로! 안녕하시오? 나 벽혈무외다!"

"냉혈마제께서 지척에 계신 줄 몰랐소이다."

벌써부터 수적선을 보아 익히 알고 있고, 벽혈무가 욕까지 퍼부어댄 걸 다 들었으면서도 뜻밖의 인사라는 듯 소화룡이 움찔하며 포권을 하였다.

"창연루주는 우리와 같이 있을 거요. 맹회에는 루주대신 우리 채주를 보내드리리다."

"그건 좀 곤란한 일이외다. 지금까지 무림맹의 맹회에 녹림의 채주가 참석한 전례는 없소이다."

벽혈무의 말에 소화룡은 난색을 표하며 거부의 뜻을 알렸다.

"그럼 기루의 루주는 맹회에 참석하는 전례가 있소이까?"

벽혈무의 말에 소화룡은 말까지 더듬으며 해명을 하였다.

"루, 루주는 그저 사실 확인을 위한 증인으로 가자는 것이외다."

"하하하! 황 채주, 들었나? 자넨 증인으로 가는 것이니, 맹회에서 엉뚱한 발언은 삼가야 할 것이야."

소화룡은 소태 씹은 얼굴로 정색을 하고 냉혈마제 벽혈무를 바라보았다.

"마제, 녹림은 무림맹의 일에 끼어들지 마시오."

끼어들면 재미없다는 일종의 경고성 발언이었다.

그러나 냉혈마제는 콧방귀도 뀌지 않고 응대했다.

"그럼, 나도 경고 하나 하리다. 조비비가 우리와 같이 가는 걸 누군가 막는다면, 이 수로가 피로 물들 것이오."

벽혈무의 강력한 발언에 소화룡은 뜻밖의 타협안을 내놓았다.

"전례가 없긴 하지만 채주의 맹회 참석에 조건을 붙이리다. 조건은 루주도 같이 맹회에 가는 것이오."

"루주가 꼭 있어야 할 이유가 뭔지……?"

초로의 사내가 혼잣말처럼 나직하게 읊조렸다.

벽혈무는 그 말의 의미를 재빨리 파악했다.

"루주에게 듣고 싶은 말이 뭔지 그것부터 말해 주시오!"

"……."

소화룡은 한동안 입을 열지 못하고 생각에 잠겼다.

한참 만에 입을 연 소화룡은 놀라운 말을 토해냈다.

"좋소! 어차피 세상에 소문이 날 터, 우리는 간장검과 막야검의 실체를 확인하려 하오."

간장검과 막야검은 둘이 한 쌍으로 알려진 쌍검으로, 자웅동체 검이다.

자신의 짝이 나타나면 검이 스스로 울면서 짝을 찾는다는 자명검이기도 했다.

간장과 막야는 가히 천하제일의 명검으로, 두 검을 모두 소유하면 천하를 완벽하게 다스린다는 전설의 명검이다.

어장검의 출현만 해도 감당하기 벅찬 일인데, 간장검과 막야검의 출현이라니…… 천하에 경천동지할 일이 일어나려는가?

소화룡이 전설의 쌍검 이야기를 꺼내자 벽혈무의 안색이 변했다.

"저, 정말로 전설의 쌍검이 나타났다는 말이오?"

"소문이 그러할 뿐 실체는 나도 아직 확인 못 했소이다."

"소문이라면 어떤 소문이오?"

"전해 들은 바로는 쌍검이 창연대의 비밀 금고에서 어디론가 옮겨졌다고 들었소."

소화룡의 말에 조비비가 앙칼진 소리로 외쳤다.

"말도 안돼요! 쌍검이 창연대 비밀금고에 있다는 건 거짓말이에요! 그게 사실이라면 루주였던 내가 모를 리가 없어요."

"루주는 어장검도 꾸며낸 이야기라고 했소. 그런데 어장검이 창연대에서 발견됐소. 그건 어떻게 설명할 거요? 난 더 이상 루주의 말을 믿을 수 없소.

소화룡과 조비비의 진실 공방에 초로의 사내가 나직이 중얼거렸다.

"이상하네. 어째 쌍검 이야기가 은밀하거나 조심스럽지 않고 시끄럽구먼."

그 중얼거림으로 벽혈무는 위급한 사태를 직감했다.

'누군가 흉계를 꾸민 거로군. 명검으로 모두를 옭아맬 심산인 게야. 어장검으로 강호를 들끓게 만들더니, 쌍검으로 아예 결판을 내려는 수작이구나. 흠흠~ 피 냄새가 진동하는구먼. 예측컨대 이건 대혈사로 이어질 게 틀림없어.'

벽혈무는 진한 혈향이 느껴지는 듯, 잠시 눈을 감고 한동안 침묵에 잠겼다.

세상은 언제나 권력과 명예, 그리고 재물의 향배를 쫓게 마련이다.

지금 권력의 상징으로 알려진 명검들이 출현했다는 것은, 권력의 공백이 생겼거나 권력을 추구하는 누군가가 움직이고 있다는 이야기다.

근래에 황궁에 정변이 났다거나 황제가 병중이라는 소문은 들은 적이 없다.

세상이 어지럽다면 몰라도, 두어 해 흉년이 든 정도로 천하가 흔들리진 않는다.

황제가 두 눈 시퍼렇게 뜨고 있는데, 감히 누가 권력을 추구할 수 있을까?

벽혈무가 침묵하고 있는 동안 초로의 사내가 손가락으로 하늘과 아래를 가리키며 나직하게 말했다.

"혈겁은 언제나 위이거나 아래로부터 시작되는 법 아니겠소?"

초로의 사내가 한 말에 벽혈무는 천천히 고개를 끄덕이고 입을 열었다.

"조비비, 당신이 원하는 대로 하시오! 당신이 맹회에 가든 안 가든, 난 당신의 뜻을 존중하겠소."

벽혈무의 말에 조비비는 망설임 없이 곧바로 대답했다.

"나는 맹회에 갈 이유가 없습니다. 명검이든 뭐든 저는 검에 대해선 아는 바가 전혀 없습니다. 소화룡 장로님께서 맹회에 그렇게 전해주세요."

"루주의 뜻이 그렇다면 내가 루주를 모시고 가리다. 내 배로 올라오시오!"

조비비가 맹회 동행을 거부하자 벽혈무는 조비비에게 자신이 탄 배에 승선토록 했다.

조비비와 추대평은 지체 없이 벽혈무가 탄 녹림채의 화물선에 올랐다.

피연철이 조비비의 승선을 무력으로 막으려는 몸짓을 보였으나, 소화룡이 고개를 저어 만류하며 턱으로 피연철의 뒤편을 가리켰다.

바로 그때, 피연철의 귀에 익은 목소리가 우렁차게 귓전을 울렸다.

"루주의 생각이 어떻든 간에, 루주는 맹회에 참석하여 증언을 해야만 하오!"

어느 틈에 나타났는지 무림맹 항주지부장 남궁후가 지척에 다가선 용선(龍船)의 뱃머리에 서서 지켜보고 있었다.

남궁후의 등장에 피연철은 소화룡에게 가볍게 고개를 끄덕여보였다.

조비비는 남궁후에게 자신은 모르는 일이란 걸 다시 말했다.

"제가 무림맹에 간다고 해도 말할 수 있는 건, 모른다는 것뿐이에요."

"조비비! 당신이 아무리 모른다고 시치미를 떼도, 여기 증인이 있소."

남궁후의 수하 무사들이 한 여인을 끌고 용선 뱃전으로 왔다.

얼굴이 파랗게 질린 그녀는 바로 조비비의 의자매 부용루주 난영이었다.

"조비비! 설마, 이 여자를 모른다고 하지는 않겠지? 항주 시내의 부용루 루주요. 당신과 피를 나눈 자매보다 더 가까운 의자매로 알고 있는데."

"난영! 무슨 일이야? 어찌된 거냐?"

난영을 본 조비비는 소스라치게 놀라며, 그녀가 잡혀 있는 사연을 물었다.

"흐흐흑!"

난영은 대답대신 눈물을 흘리며 흐느꼈다.

"그 아이에게 대체 무슨 짓을 한 거죠? 당장 그 아이를 풀어주세요!"

"난 아무 짓도 하지 않았소. 그저 진실을 묻고 들었을 뿐이오."

진실이라는 말에 조비비는 곧바로 되물었다.

"당신이 들은 진실이란 게 뭐죠?"

"내가 듣기로는 루주가 어장검을 받고 잔금을 치르지 않으려고 무명검객을 청부 살인했다고 하더군."

남궁후의 터무니없는 말에 조비비는 기가 막혀 입을 딱 벌렸다.

분명히 그런 일은 없었으며, 난영이 그런 말을 했다고 믿을 수도 없었다.

"마, 말도 안 돼요. 그런 터무니없는……."

"루주는 소문이 새어 나갈 걸 염려해서 관련된 수하도 연쇄 살인으로 다 죽이고……."

남궁후의 말은 모든 것을 조비비에게 뒤집어씌우려는 수작이 분명했다.

"내, 내가 뭐가 아쉬워서 그런 짓을 해요? 아니에요. 그런 일 없어요. 난영! 이게 다 무슨 소리야? 어서 아니라고 말해!"

조비비는 난영이 했다는 말을 하나도 믿을 수가 없었다.

그러나 안타깝게도 난영은 하염없이 눈물만 흘릴 뿐 입을 열어 말하지 않았다.

"루주가 천하를 품을 야망을 품진 않았을 테고, 이쯤에서 누구의 사주를 받고 그런 짓을 벌였는지 루주 배후의 인물에 대해서 말하시오. 어차피 창연루의 진짜 주인이 따로 있다는 건 공공연한 비밀 아니오."

조비비는 몸을 파르르 떨며 남궁후를 쏘아보다 난영에게 질문을 던졌다.

"난영, 지금 남궁 지부장이 한 말들이 진짜 네 입에서 나온 말이냐?"

"흐흐흑!"

"난영! 울지만 말고 사실대로 말을 해!"

답답한 조비비가 다그치자, 흐느끼던 난영은 용선 위에서 운하로 몸을 던졌다.

휘익! 첨벙!

"난영!"

눈앞에서 벌어진 뜻밖의 사태에 조비비는 배 난간을 움켜잡고 절규했다.

지켜보던 이들도 순식간에 벌어진 일에 놀라서 모두들 눈을 크게 떴다.

돌발 사태에 초로의 사내가 또다시 중얼거렸다.

"이래저래 사달일 땐, 일단 피하는 게 좋은데……."

바로 그때, 누군가 운하로 신형을 날렸다.

휘익! 츄우~

그 신형은 곧바로 물속으로 들어가 가라앉는 난영을 향해 나아갔다.

방금 전 물속으로 잠수한 신형의 주인공은 바로 목탁이었다.

운하의 물이 비교적 맑은 구간이라 물속에서도 사물을 충분히 구별할 수 있었다.

목탁의 눈에 작은 기포를 생성시키며 가라앉고 있는 난영이 들어왔다.

목탁은 머리를 아래로 향한 채, 손과 발을 저어 난영에게 빠르게 접근해 갔다.

목탁이 난영의 팔을 잡고 끌어당기려는 순간, 금속성 물질이 물속을 가르는 파수(破水) 음이 들렸다.

춧츠츠!

목탁을 노리고 쏘아져 오는 건 운하의 어부들이 물고기를 잡는 작살이었다.

목탁이 급히 몸을 틀어 작살을 피하자, 연이어 여러 개의 작살이 그를 노리고 쏘아져 왔다.

츄우! 츄우!

목탁은 미처 품속의 삼초절검을 꺼내들 틈이 없어, 손바닥으로 작살들을 쳐냈다.

촤악!

목탁이 다시 가라앉는 난영을 붙잡아서 자신의 옆구리에 붙였다.

목탁이 위로 솟구치려는 순간, 검을 빼 든 검은 인영 여럿이 목탁에게 달려들었다.

목탁은 그들을 상대하는 것보다 난영의 상태가 위급하다고 판단했다.

목탁은 옆구리의 난영을 가슴 앞으로 안고 최대한 빠르게 신형을 틀었다.

난영을 안은 목탁의 신형은 엄청난 수류 회전을 일으키며 위로 솟구쳤다.

촤아아아!

난영을 안은 목탁의 신형이 수면을 박차고 허공으로 튀어 올랐다.

그 광경을 본 조비비는 자신의 두 손을 맞잡고 좋아서 총총 발을 굴렀다.

"아, 목 대협!"

물속에서 목탁을 공격했던 무리들은 물 위로 자신들의 모습을 드러내진 않았다.

물 밖의 사람들은 그저 목탁이 물에 뛰어든 난영을 건져 올린 것으로 보았다.

허공으로 높이 뛰어올랐던 목탁이 난영을 가슴에 안은 채 하강하며, 자신이 타고 있던 녹림채의 화물선에 부드럽게 착지했다.

경공술의 경지로 따지면 수상비나 등평도수보다 답설무흔이 높은 경지라고 볼 수 있는데, 지금 목탁이 선보인 것은 말 그대로 허공을 딛고 가는 것으로 허공답보보다 상위인 '능공허도'라고 불리는 최상의 경공술이었다.

강호에서 제아무리 위세를 떨치는 명문 문파라도 목탁 정도의 능공허도를 펼칠 수 있는 고수를 헤아리면 열, 아니 그 이하일 것이다.

남궁후를 비롯한 개방의 소화룡과 반 토막 피연철, 그 외에 사태를 주시하던 많은 인물들은 목탁의 뛰어난 경공술에 속으로 놀라움을 금치 못하고 감탄했다.

*   *   *

목탁이 고도에서 신비한 천존을 체험한 후에 사부에게 물었었다.

"사람이 어떻게 공중에 뜰 수 있는 거죠?"

"몸을 가볍게 하면 누구나 다 뜨게 된다."

"아까 제가 하늘로 솟구쳤다 바다에 빠진 건 왜 그런 거죠?"

"그야 네 몸에 우주의 기가 차고 넘쳐서 그런 거지."

그때 목탁은 사부의 말이 전혀 이해가 되지 않았다.

그러나 자신이 몸으로 체험한 것은 분명한 현실이니 안 믿을 도리가 없었다.

"우주는 지, 수, 화, 풍으로 이루어져 있고 인간의 몸은 우주의 축소판이란다. 우주와 내가 하나라는 걸 깨달으면 언제든지 우주의 기운을 내가 원하는 대로 마음껏 쓸 수 있단다."

"그, 그럼 진짜로 축지법 같은 것도 가능한가요?"

"하늘을 나는데 땅 위를 걷는 걸 못하겠냐?"

"혹시 사부도 장풍 같은 거 쓸 수 있어요?"

"이런 거 말이냐?"

팡! 퍼억!

슈우~ 쿵!

그때 사부는 가볍게 출수하여 오 장 정도 떨어진 곳에 있는 백 근이 넘는 바위를 가볍게 날려 버렸다.

그때 목탁은 비로소 사부를 보는 눈이 달라졌고, 어떻게든 사부가 펼쳐 내는 저 신기한 무공을 반드시 배워야겠다고 마음먹었었다.

목탁은 사부에 대한 의심의 안개가 걷히고 무한한 존경과 신뢰가 샘솟았다.

말로만 듣던 장풍을 자신이 쓸 수 있다면 얼마나 멋있을까?

목탁은 사부에게 장풍만 제대로 배우면, 자신이 세상에 나가서 어엿한 무림의 고수로 대접받을 수 있으리라고 생각했다.

그래서 사부 앞에 납작 엎드려서 충성을 맹세했었다.

"사부님! 이 목숨 다해서, 황하 물과 태산이 마르고 닳도록 충성하겠습니다. 부디 이 제자에게 사부님의 비전절기를 가르쳐 주십시오."

물론 사부는 목탁의 말은 들은 척도 하지 않았고 끝까지 목탁의 애원을 모른 척했다.

하루는 목탁이 사부에게 대놓고 따진 적도 있었다.

"사부, 무공을 안 가르쳐 주는 이유를 내가 납득할 수 있게 설명 좀 해주시죠."

"얼라리요? 이놈이 어디서 짝다릴 건들거리고 사부 앞에서 시 건방을 떨어?"

"제자가 배움의 열망이 가득한데, 제대로 된 사부라면 하나라도 더 가르치려고 애쓰는 게 올바른 사부의 도리 아닙니까? 엄밀히 따지면 지금 사부는 직무 태만이고, 직무를 유기하는 겁니다. 그거 아세요?"

"무공이란 건 말이다, 배우다 보면 호승심이 생겨서 자꾸 더 하고 싶어진단다."

"그런데요?"

"단계가 올라갈수록 엄청 힘들어져. 그렇게 힘든 걸 뭐 하러 배우냐?

"전 힘들어도 좋습니다. 오늘부터 장풍 쏘는 거 가르쳐 주세요."

"자고로 칼 쓰는 놈 칼로 망한다고 했다. 넌 그냥 피하는 거나 잘해."

"사부, 무공 좀 한다고 너무 그러지 맙시다. 아닌 말로 언제 저승사자가 사부 모시러 올지 모르는데, 저승 가기 전에 제자에게 무공을 전수해서 세상에 사부가 왔다간 흔적은 남기셔야죠. 안 그래요?"

"너 또 맞을 시간이 됐나 보다. 이리 오너라. 좀 맞자."

사부가 몽둥이를 집어 들자 목탁은 부리나케 튀면서도 징징거렸다.

"아, 씨! 하나뿐인 제자도 실력 좀 곽곽 키워 봅시다."

"이놈아, 몇 번을 말해야 알아들어! 피하는 게 최고의 무공이야!"

*　　　　　*　　　　　*

지금 그때를 회상하며 생각해 보니 사부의 말이 맞는 것 같기도 하다.

어쨌든 죽지 않고 살아남아야 뭘 하든 할 수 있으니까.

"우웨액!"

목탁이 난영의 흉부를 압박하자 난영이 물을 토해내고 눈을 떴다.

난영이 몸을 추스르자 조비비가 다가와 그녀의 손을 잡았다.

"난영, 괜찮아?"

그러나 난영은 눈물 글썽한 얼굴로 조비비의 얼굴만 볼 뿐 말이 없었다. 그러자 초로의 사내가 비집고 들어와 난영의 손목을 잡고 맥을 짚었다.

맥을 짚던 초로의 사내가 고개를 갸웃하고는 난영의 목을 살폈다.

"허, 이런! 말을 못 하게 아혈을 짚어놨구먼."

그 말에 조비비가 분노로 몸을 부르르 떨었다.

"무림맹의 지부장이란 자가 어찌 여자에게 이런 비열한 짓을……."

그 모습을 본 초로의 사내가 또 중얼거렸다.

"이런 사방에 살기가 가득하구먼. 난 이런 개싸움은 질색인데, 난 그저 어디 조용한 데 가서 술이나 마시면 딱 좋겠는데 말이야."

벽혈무도 진작부터 주위에 예리한 살기가 번득이는 걸 느끼고 있었다.

"황 채주! 배를 북쪽으로 돌려서 여길 벗어나자."

"존명!"

녹림채의 화물선이 북으로 방향을 틀자, 어느 틈에 발 빠른 비선 십여 척이 나타나 앞을 가로 막았다.

비선에는 모두 포(捕) 기가 나부끼고 있었다.

"우리는 운하 경비대요. 조금 전 현상 수배범이 도주했다는 비상연락을 받고 운하 전역을 수색 중이오. 여기 있는 배들은 모두 검문검색을 받아야 할 것이오. 검문에 응하지 않는 배는 경고 없이 추살할 것이니, 검문검색에 적극 협조하기 바라오."

조비비가 불안한 눈으로 목탁을 보았다.

뾰족한 수가 없는 목탁은 일단 36계를 떠올렸다.

'이럴 땐 줄행랑쳐야 하는데……'

운하 경비대의 비선이 항해 중인 배들 곁으로 붙고, 포졸들이 배에 올라 배들을 구석구석 이 잡듯이 수색하기 시작했다.

비선이 다가오자 냉혈마제 벽혈무는 부하들을 이끌고 갑판 아래로 내려갔다.

녹림채 대부분이 현상 수배범인 까닭이었다.

초로의 사내가 목탁을 보고 중얼거렸다.

"아무래도 자네를 찾는 것 같은데, 얼굴을 좀 바꾸지 않겠나?"

"예?! 얼굴을 바꿔요? 어떻게……?"

"뭐, 내가 심심풀이 삼아서 배운 건데, 축골공(縮骨功)이랑 화골공(化骨功)을 좀 아니까 자네를 살짝 주무르면 돼."

신체의 골격을 자유롭게 변화시키는 축골공은 몸을 축소시키는 무공이고 화골공은 몸을 연하게 만드는 무공이다.

"시간이 여유가 있다면 역용술 솜씨를 발휘해서 변체환용 (變體還容)을 하겠지만, 시간 관계상 인면피구를 써서 간단하게 가자고. 참, 급행은 언제나 계산 곱빼기라는 걸 잊지 말게."

초로의 사내는 목탁의 얼굴에 품에서 꺼낸 인면피구를 붙이고, 손으로 목탁의 얼굴을 떡 주무르듯 주무르면서도 연신 중얼거렸다.

"체내의 기를 운용해서 운기변검으로 얼굴색을 바꾸면 진짜 감쪽같은데……."

초로의 사내가 목탁의 몸을 매만지다 팔과 다리를 몇 번 주무르자, 뼈마디와 관절들이 우두둑 소리를 내며 목탁의 몸이 스멀스멀 변형되기 시작했다.

어느덧 목탁의 키가 1척은 줄어들고 허리가 구부정한 모습이, 영락없는 노인의 체형이 되었다.

허리가 구부정해지고 몸이 축소되었어도 목탁은 아프거나 별다른 불편함을 느끼진 않았다.

초로의 사내가 인면피구로 솜씨를 부린 목탁의 얼굴은 주름이 자글자글한 육십이 훌쩍 넘은 노인의 얼굴이었으며, 팔뚝에 불룩 불룩 튀어나온 핏줄들은 누가 봐도 험한 일을 하며 세월의 풍파를 겪은 노인의 팔처럼 보였다.

졸지에 노인이 된 목탁을 보며 추대평은 신기해하며 한참을 이리저리 훑어보았다.

"햐아~ 이럴 수가, 어떻게 이런 모습이 될 수 있지?"

조비비와 난영도 변해 버린 목탁의 모습에 연신 감탄했다.

"와! 대단하네요. 잠깐 동안에 40년 세월을 훌쩍 뛰어넘었어요."

"완전히 딴사람이네요. 아무도 목 대협을 못 알아볼 거예요."

"작품이 잘 나왔어. 이 정도면 추가 요금을 받아야겠는걸. 흘흘."

초로의 사내는 자신의 솜씨에 만족했는지 흡족한 미소를 지으며 손을 내밀었다.

그러나 자신의 얼굴을 볼 수 없는 목탁은 자신의 몰골이 궁금했다.

핏줄이 툭툭 튀어나온 자신의 팔을 보니 마치 다른 사람의 팔처럼 생각되었다.

"추가 요금은 내 눈으로 확인한 후에 따져 보기로 하죠."

"맙소사! 목소리까지 노인의 카랑한 쇳소리네."

목탁의 목소리에 모두들 놀라워했고 목탁 스스로도 놀랐다. 어떻게 해서 자신의 목소리가 변했는지 정말 놀랍고 신기했다.

초로의 사내는 별거 아니라는 듯 그저 어깨를 한 번 으쓱거렸을 뿐이다.

"남자가 여자 목소릴 낼 수도 있고, 여자가 남자 목소릴 내게 할 수도 있지. 조심할 건 천돌혈(天突穴)을 맞으면 원래 목소리로 돌아가니까 그것만 신경 쓰라고."

모두들 사내의 마법 같은 솜씨에 감탄을 하며 혀를 내둘렀다.

第六章
생문(生門)이 없다

드디어 목탁이 타고 있는 배에도 포졸이 올라와 검문검색이
시작되었다.

"배 안의 사람들은 한 사람도 빠짐없이 갑판에 모이시오!"

그러자 갑판 아래로 몸을 숨겼던 벽혈무와 부하들이 하나
둘 갑판 위로 올라왔다.

그런데 하나같이 목탁이 모두 처음 보는 얼굴들이었다.

누가 봐도 하나같이 늙은 노역자의 모습이었기 때문이다.
땡볕에서 노동일에 그을린 피부와 구부정한 체형은 목탁과 비
슷한 모습들이었다.

머리가 하얗게 센 노인이 비틀거리며 걸어와, 목탁 옆에 나란히 섰다.

"허허허! 이렇게 모습을 바꾸니 나도 내가 누군지 모르겠구먼. 나 1채주 황천길일세."

변한 모습의 황천길이 한쪽 눈을 찡긋하자, 목탁은 귀신같은 변장에 감탄을 하였다.

"총표파자는 누구죠?"

"저기, 지팡이 짚고 절룩거리는 노인일세."

녹림채의 고수들에게 인면피구는 기본이고 축골공도 그리 어려운 일은 아니었다.

포졸들은 배 안의 모든 사람을 갑판에 모에게 한 뒤, 목탁의 용모파기를 손에 들고 한 사람씩 대조하며 신원파악을 하였고 갑판 하부와 선실들도 철저하게 수색하였다.

모습이 변한 목탁은 아무래도 살짝 켕기는 마음이 있어서 추대평 뒤쪽에 섰다.

그러나 포졸들은 노인으로 바뀐 구부정한 목탁은 아예 거들떠보지도 않았다.

그 대신 젊은 추대평 앞에서 용모파기를 들이대고 한참을 아래위로 훑었다.

"수색 끝! 이 배는 출발해도 좋소."

철저하게 배를 수색을 했다고 생각한 포졸은 자신 있게 수색 끝을 외쳤다.

목탁이 탄 화물선의 검문검색을 마친 포졸은 목탁에게 통행이라고 찍힌 흰 띠를 하나 내밀었다.

"운항 중에 지나는 구간마다 계속 불시 검문이 있을 테니, 이 통행 띠를 내보이도록 하시오."

"예, 알겠습니다. 수고하십시오."

목탁이 카랑한 쇳소리로 대답을 했다.

포졸들이 배에서 내리자 목탁을 태운 화물선은 빠른 속도로 북상을 했다.

우두둑! 우두둑!

인면피구와 축골공으로 변신했던 녹림채의 인물들이 저마다 뼈마디를 우두둑거리며 본래의 모습으로 돌아왔다.

그들의 신기한 신체 변화에 목탁은 또 한 번 감탄했다.

'무공이란 게 배우면 정말 신기한 일이 많구나.'

검문검색을 통과한 다른 배들도 속도를 높여서 화물선을 바짝 따라붙었다.

녹림 1채주 황천길이 따라붙는 배들을 보고 한마디 던졌다.

"총표파자님, 이거 우리가 제일 앞에 가고 저것들이 뒤따라오니까 어쩐지 쫓기는 기분이 들고, 도둑놈이 된 것 같아서 기분이 별론데요."

그러자 총표파자 벽혈무가 사실을 확인시켰다.

"황 채주! 우린 녹림 18채야, 세상이 말하는 도둑놈 맞아."

그 말에 초로의 사내가 맞장구치며 중얼거리기 시작했다.

"세상은 어차피 도둑놈들뿐이지. 황궁엔 천하를 훔친 나라 도둑이 있고, 관부엔 백성들의 고혈을 짜는 세금도둑이 있지. 승상, 도독, 고관대작은 마차로 도둑질하고, 4품 이하 당하관은 등짐으로 도둑질하고, 불쌍한 말단 졸병은 주먹밥을 훔쳐 먹지. 바다엔 해적, 산에는 산적, 수로엔 수적, 저잣거리엔 좀도둑, 아녀자 훔쳐 가는 보쌈도둑, 간장게장은 밥도둑, 세상은 여기도 도둑, 저기도 도둑, 사방이 도둑 천지라네."

초로의 사내가 하는 말과 행동이 목탁의 궁금증을 자아냈다.

그가 중얼거리면서 툭툭 던지는 말들은 모두 의미가 깊었고, 수시로 변하는 긴박한 상황에서도 그의 대처는 빠르고 판단력도 정확했다.

자신을 순식간에 노인으로 바꾼 솜씨는 보통의 무공실력으로는 어려울 거라는 생각도 들었다.

'틀림없이 자신의 정체를 숨기고 있는 무림의 고수일 거야. 그런데 저 얼굴이 본 모습일까?'

"저어, 이제 제 얼굴과 몸을 정상으로 해주시죠."

"자네는 아직 변형 비용을 계산 안 했네."

"비용은 부르는 대로 계산해 드리겠습니다."

"에~ 참고로, 변형 비용과 원형 복구 비용은 별도 계산이라는 걸 알아두게."

초로의 사내가 말끝마다 돈 계산을 따졌지만 실제로 돈을 탐하는 것으로 보이진 않았다.

"저어, 인사가 늦었습니다. 저는 목탁이라고 합니다. 어르신 존함을 여쭤도 될까요?"

"그런 건 묻지 말게. 난 이름도 모르고 성도 모르네."

"무공에 조예가 깊으신 것 같은데, 별호가 어찌 되시는지?"

"별호랄 건 없고, 검을 차고 바람 따라 흘러 다니니 풍검이라고 부르게."

"아, 풍 대협이시군요."

"대협은 무슨, 난 그냥 표국의 표사일 뿐이네."

"그런데 검을 차고 다닌다고 하셨는데, 제 눈엔 검이 안 보이는데요?"

목탁이 사내의 몸을 아래위로 훑자, 사내가 피식 웃는다.

"자네 눈엔 여기 이게 안 보이나?"

자신을 풍검이라고 소개한 초로의 무사가 손으로 자신의 허리띠를 가리켰다.

"그건 허리띠 아닙니까?"

"허어, 아무리 강호 초행이라지만 무림 상식이 깜깜이구먼.

쯧쯧, 강호에 나오기 전에 무림사도 좀 공부하고 일반 무예 상식이랑 병장기 백과도 펼쳐 보고 그래야지. 그런 까막눈으로 언제 강호 정세를 논하고, 언제 천하대사를 움직이려나? 에휴, 도참 아우의 고생문이 훤하구먼."

풍검이 자신의 허리띠를 가리킨 건, 자신의 애병기인 연검을 가리킨 것이었다.

그런데 목탁이 연검조차 몰라보니 무림 생초보라고 광고하는 격이었다.

느닷없는 풍검의 말에 목탁은 화들짝 놀라며 눈을 동그랗게 떴다.

'천하의 해적왕 적목귀수 도참을 아우라고 부르다니?'

"지, 지금 뭐라고 하셨습니까?"

"알아듣고서 뭘 되물어?"

"푸, 풍 대협과 도참 사숙은 어떤 관계이십니까?"

"특별한 관계랄 건 없고, 그냥 도참이 자네를 잘 부탁한다고 해서 잘 돌봐주고 있는 관계야."

"사숙이 저를 부탁했다고요? 언제 그런 부탁을……?"

"자네가 마룡도 떠날 때 나한테 전서구를 보냈더군. 어떻게든 살려서 천하대업을 이루도록 도와 달랬는데, 자네가 한사코 죽을 길을 고집해 할 수 없이 내가 옆으로 빼낸 걸세."

"전 황궁에 가는 길이었는데요."

"알아. 그게 죽을 길이지, 사는 길인 줄 아나?"

"가면 사면받고, 복권되는 걸로……."

"내가 사람 잘못 봤구먼. 가면 사면 대신 사형, 복권 대신 매장될 걸세. 처음엔 조금 멍청한 줄 알았더니 그냥 아예 돌대가리구먼."

"예, 맞습니다. 제가 원래 석두입니다."

"어? 그걸 알아? 그걸 아는 걸 보면 완전 돌대가린 아니네."

풍검이 대놓고 목탁을 돌대가리라고 타박을 해도 목탁은 별로 기분 나쁘진 않았다.

용선을 앞세운 남궁후의 무리가 화물선 곁으로 배를 붙였다.

뱃전에 선 남궁후는 벽혈무에게 단도직입적으로 자신의 요구를 밝혔다.

"마제! 창연루주를 우리 쪽으로 넘겨주시지요."

그러나 벽혈무는 냉소를 터뜨리며 그의 요구를 단호히 거절했다.

"카하하핫! 사람이 물건도 아닌데, 어떻게 넘기고 받고 하겠나? 사람은 저마다 자신의 의사가 있을 터! 스스로 하고 싶은 대로 오고 가는 것 아니겠소?"

"마제께서 저의 요청을 거절하시면 실례를 무릅쓰고 루주를 모셔 가야겠습니다."

"카하하핫! 누구든 내 배에 허락 없이 발을 딛으면 어찌되는지 알려주겠네."

냉혈마제는 말 그대로 차가운 피를 가진, 마의 제왕이다.

벽혈무의 말은 단순한 위협이 아니라는 걸 남궁후는 잘 알고 있다.

그리고 그가 허튼소리를 늘어놓는 성격이 아니란 것도 익히 알고 있다.

무림맹과 10년의 정사대전을 치를 때도 불퇴전이란 초강수로 일관한 마제였다.

그럼에도 불구하고 남궁후는 도발을 멈추지 않고 계속 밀어붙였다.

"마제! 후배가 결례를 범해도 너그럽게 봐주십시오."

남궁후가 이렇게 나오는 건 자신이 유리하다고 판단하고 있기 때문이다.

'지금 마제 휘하의 녹림 18채 대부분이 멀리 떨어져 있다. 눈앞의 화물선에는 1채주 황천길과 수하들 30여 명이 전부다. 이쪽은 무림맹 항주지부의 무사들이 50여 명, 남궁세가의 지원무사가 50여 명, 그리고 지원 요청에 협조할 개방 소화천 장로와 제자들이 50여 명이다. 단순 계산으로 오 대 일이면 승산이 충분하다.'

그래도 상대가 상대인 만큼 조심해야겠지만 이 정도면 자

신에게 승산이 있다고 판단한 것이다.'

남궁후는 녹림채의 반격을 우려하면서도, 모험을 감행하기로 작정했다.

"모두 들어라! 지체없이 루주를 속히 용선으로 모셔라!"

"존명!"

휘휘획!

남궁후의 외침과 동시에 용선에서 대기하던 수십 명의 인영이 대답과 동시에 각자의 병장기를 빼들고 녹림채의 화물선으로 속속 날아갔다.

1차로 건너간 것은 남궁세가의 무사들이었다.

연이어 2차로 건너간 무사들은 무림맹 항주지부의 무사들이었다.

녹림채의 무사들도 곧바로 검을 빼 들어 날아오는 선발 공격대를 맞았다.

챙채챙!

슈각! 휘릭! 휙휙!

검이 허공을 가르는 파공음과 검날이 부딪치는 날카로운 금속음이 어우러져, 화물선 전체가 마치 거대한 군무장(群舞場)으로 변한 느낌이 들었다.

아차하면 생사가 갈리는 격전이지만 검광이 흩날리는 고수들의 검무(劍舞)는 마치 아름다운 춤을 추는 듯했다.

벽혈무는 조비비를 화물선 뒤쪽으로 이동시켜 안전을 도모토록하고 자신은 통로를 지켰다.

그러자 몇 척의 배가 화물선 뒤쪽으로 달라붙으며 공격 기회를 노렸다.

화물선 뒤쪽 좌측엔 소화룡과 반 토막이 탄 배가 삼 장 거리를 유지했다.

우측엔 소화천과 제자들이 탄 배가 오 장 거리를 유지하며, 뱃전에서 손에 든 뭔가를 빙빙 돌려댔다.

그것은 밧줄이 달린 갈고리였다.

"지금이다!"

소화천이 소리치자 네댓 개의 갈고리가 화물선으로 날아왔다.

휘익! 휙! 휙!

터터턱! 턱!

밧줄달린 날카로운 갈고리가 화물선의 화물과 난간 등에 걸렸다.

갈고리를 건 개방의 제자들이 줄을 잡고 화물선으로 몸을 날려 왔다.

소화천은 벼락처럼 소리를 지르며 제자들을 독려했다.

"신속하게 루주만 챙겨서 건너와라!"

그러자 아직 노인의 모습 그대로인 목탁이 삼초절검을 빼

들었다.

목탁은 신형을 빠르게 움직여 화물선에 걸린 갈고리의 줄을 모두 끊어버렸다.

탁탁탁!

날아오던 개방의 제자들이 일제히 물로 떨어져 내렸다.

첨벙! 풍덩! 촤악!

이번엔 반대편의 소화룡이 반 토막과 제자들을 이끌고 몸을 날렸다.

소화룡이 허공을 날아오며 노인 모습의 목탁을 가리키며 소리쳤다.

"분타주는 저 노인을 제압하라! 루주는 내가 거두겠다!"

개방 항주 분타주, 반 토막 피연철은 허공에서 몸을 회전시켜 노인 모습의 목탁을 향해 날아갔다.

반 토막 피연철은 현상 수배범 추포의 달인답게 쾌검술로 상대를 찌르고 상대가 피하는 동시에 망(網)과 금라선(禁拏線)을 던지는 이중, 삼중의 철벽 추포술을 발휘하는 작전을 펼치려 했다.

삼중 추포술은 반 토막 피연철이 지금까지 실패한 적이 한 번도 없는, 가히 완벽에 가까운 추포술이었다.

현상금 사냥꾼 시절에 삼중 추포술로 체포한 현상범이 족히 서른이 넘었을 만큼, 피연철은 자신이 펼치는 추포술의 위력엔 추호의 의심도 없었다.

망은 상대의 상체를, 금라선은 상대의 하체를 옭아매는데, 그 정체는 추가 달린 철선(鐵線)이다.

탕! 츄릿! 휘익!

"어엇!"

반 토막 피연철은 자신의 눈을 의심했다.

반 토막의 의도와 달리 목탁은 반 토막의 쾌검을 피하는 대신, 삼초절검으로 망과 금라선을 받아쳤다. 목탁이 쳐낸 망과 금라선은 반 토막 피연철에게 되돌아갔다.

피연철이 놀라 황급히 몸을 틀어 피하려 했으나, 순식간에 망은 그의 상체를, 금라선은 그의 하체를 운신을 못 하게 묶어버렸다.

목탁의 되치기에 자신이 역으로 당한 것이다.

"이이익!"

자신의 망과 금라선에 묶인 반 토막 피연철이 몸을 빼내려 용을 썼으나 목탁의 발이 더 빨랐다.

목탁이 오른발로 그를 가볍게 툭 차올렸다.

슈우~!

위로 솟구친 반 토막은 허공에서 허우적거리다 떨어져 내렸다.

갑판 바닥에 충돌하려는 찰나, 괴노인 모습인 목탁의 발이

다시 그를 허공으로 차올렸다.

슈우~

이번에는 허공에서 허우적거리다 화물선의 중심, 황포 돛대 상단에 몸이 걸려 대롱거리는 신세가 되고 말았다.

허공에서 대롱거리는 반 토막은 괴노인에게 자신이 어떻게 당했는지 짐작조차 되지 않았다.

반 토막은 지금 자신이 허공에 달린 상황이 도무지 이해되지 않았다.

'마제라 하더라도 내 일 초식은 일단 피했을 텐데……. 저 괴노인은 누구길래?'

사실 목탁도 반 토막의 쾌검 공격에 잠시 당황했으나, '피할 수 없으면 막고 차라'는 사부의 가르침을 떠올리고 그대로 실행한 것이었다.

반 토막에게 괴노인을 맡기고 조비비를 거두겠다던 소화룡은, 불쑥 자신의 앞을 막아선 괴노인의 신속 무비한 수법에 경악을 금치 못했다.

왜냐하면 자신도 추포술의 달인인 반 토막을 제압하려면 적어도 몇 초식은 비무(比武)가 이뤄진 후에나 가능하기 때문이었다.

사실 그것도 확실히 장담할 수 있는 것이 아니라, 그의 계산일 뿐이었다.

노인 모습의 목탁과 대치한 차기 개방의 방주가 유력한 소화룡은 식은땀을 흘렸다.

강호에 기인이사와 은거고수가 많다고는 하지만, 지금 자신을 몰아세우는 이 괴노인은 지금까지 그 어디에서도 소문조차 들은 적이 없다.

바로 그때, 화물선 뒤편 수중에서 수면을 박차고 뛰어오르는 무사들이 있었다.

츄와! 촤! 촤촤촤!

그들은 목탁이 수중에서 난영을 구할 때 목탁을 공격했던 무리들이었다.

물속에서 튀어나온 자들은 남궁세가의 비밀 병기인 은검대(隱檢隊)였다.

그들은 세상에 모습을 드러내지 않고 세가의 비밀 임무를 수행하거나 암계를 대비해서 은밀하게 키워진 무사들이었다.

정도 문파엔 흔치 않은 살수집단이나 다름없는 척살대인 것이다.

척살대는 임무 완수와 비밀 엄수를 철칙으로 한다. 만약 둘 중에 하나라도 지키지 못하면 자신의 죽음으로 값을 치러야 한다.

그들은 시간을 아끼기 위함인지 어떤 초식을 구사하든, 상대를 가늠하는 사전 비무 초식 없이 오직 빠르게 승부를 결정

짓는 공격 일변도의 잔인한 살초만을 펼쳤다.

챙! 채챙! 까강! 캉!

검과 검, 검과 도가 불꽃을 튀기며 격돌하는 모습은 강력하고 살벌했다.

그동안 예리한 눈으로 적의 공격을 지켜만 보던 냉혈마제 벽혈무의 두 눈에서 강력한 살광(殺光)이 뿜어져 나왔다.

그는 금세라도 달려들어 공격자들을 모조리 갈기갈기 찢어 죽일 듯한 기세였으나, 웬일인지 쉽게 공격에 나서지 않고 머뭇거리고 있었다.

공격해 오는 무리들의 최정에는 아직 화물선으로 넘어오지 않았다는 판단 때문이기도 했지만, 그들보다 더 강력한 살기를 뿜어대는, 어디선가 숨어서 틈을 노리는 보이지 않는 관찰자들의 살기가 희미하게 느껴졌기 때문이었다.

벽혈무는 강공 일변도로 공격해 오는 남궁세가의 무사나 개방의 제자들보다 지켜보며 틈을 노리는 눈에 보이지 않는 적이 더 신경 쓰였다.

느낌상 창연대 붕괴 후, 수로에서 구파일방을 공격하고, 녹림의 수적선에 화공을 퍼부었던 자들로 짐작되었다.

바로 그날의 분위기가 감지되었기에 벽혈무는 이를 갈며 그들이 모습을 드러내기를 기다렸다.

'쥐새끼들이 어디 숨어서 이빨을 갈고 있는 것이냐? 모습을

보여라! 그날의 몫까지 쳐서 배로 갚아주마!'

물론 개방 제자들의 실력도 만만치 않고, 남궁세가와 무림맹 항주지부의 무사들도 나름 강호에서 일류 무사 급의 고수들이다.

그러나 그 정도는 데리고 온 녹림의 별검대로 충분히 맞설 수 있을 것이라고 생각하여 크게 걱정하지 않았다.

그러나 정체를 드러내지 않고 암습을 가하는 자들의 무공은 아직 겨뤄보지 않아서 어느 정도인지 미지수이다.

중요한 건 그때 암습을 가했던 그들은 단 한 명도 부상을 당하거나 잡히지 않고 모두 일시에 사라졌다는 점이다.

'잡을 수 없을 만큼 빠르다는 것은, 그만큼 강하다는 것이다!'

당금 무림에 이 정도로 고강한 고수가 집단으로 존재하는 문파가 있었던가?

구파일방과 오대세가, 녹림과 마교가 모여 있는 자리를 공격했던 자들이다.

이렇게 움직일 때는 분명한 의도와 확실한 명령 체계가 있는 법이다.

'아무리 생각해도 그런 세력은 무림에는 없다. 그렇다면…… 오직……?'

강호에 악명이 자자한 녹림 18채의 총표파자 냉혈마제 벽혈무라 해도, 가늠하기 어려운 상대를 만나면 두려움을 느끼는 것이다.

평소에 아무리 성질이 불같이 급한 벽혈무라 할지라도 지금 살기를 피부로 느끼는 만큼 제멋대로 행동할 수가 없는 것이다.

벽혈무는 무의식적으로 자신의 옆에서 중얼거리던 풍검을 힐긋 보았다.

상황에 따라 판세를 가늠하는 중얼거림을 늘어놓던 풍검도 어쩐 일인지 더 이상 중얼거리지 않고 입을 다물고 있다.

뭔가 심각한 일이 있는지, 늘 여유 있었던 그의 얼굴이 지금은 보기만 해도 서리가 내릴 정도로 차갑게 굳어 있었다.

바로 그때, 지금까지 풍검의 굳게 다물어졌던 입술이 조금 열리더니 나직한 중얼거림이 흘러나왔다.

"팔괘진을 태극으로 운용하니 생문(生門)은 북서, 북북서……. 막혔고, 그럼 남으로 가서 남, 남서, 남남, 응? 여기도 사문일세. 이번엔 동으로 가서 동동… 막혔고, 동남… 도 막혔고 동북은……. 허어! 없네. 생문이 없어! 모두가 사문이야!"

풍검의 중얼거림에 마제는 가슴이 철렁 내려앉았다.

그가 아는 풍검은 무공과 진법 지식에 대해선 견줄 상대가 없는 인물이다.

"풍 형! 신경 쓰이게 하지 말고 어서 진법 파훼법이나 알려주슈."

"안타깝지만 어떤 길도 사문에 이르는 진입니다."

진법에 밝은 풍검이 생문이 없다면, 그것은 곧 살길이 전혀 없다는 거다.

보이지 않는 적은 지금, 진을 펼쳐 놓고 먹이가 걸려들기를 기다리고 있는 것이다.

문제는 살기 위해서 혈로를 뚫고 생문을 찾으려 애써도, 저들의 진에 걸려서 몰리면 결국 사문(死門)에 이른다는 것이다.

풍검은 고개를 절래절래 흔들며 적이 펼친 진법에 혀를 내둘렀다.

"저쪽에 아무래도 진법의 고수가 있는 모양입니다. 팔괘진은 변화가 무쌍하지만 보통은 북쪽에서 활로를 찾는데, 이중삼중으로 진을 운용해서 생문이 보이질 않소."

냉혈마제 벽혈무는 예상치 못한 상황에 가슴이 답답하고 분노가 차올랐다.

"크크! 언제 죽어도 후회는 없지만 아직은 죽고 싶은 생각이 없는데."

생문이 없다고 해도 방법이 아주 없는 건 아니다.

동귀어진, 살기를 포기하고 적과 함께 죽으면 된다.

당금 무림에서 자신이 양패구상을 각오해야 할 정도의 상대는 다섯이 넘지 않는다고 자부해 온 냉혈마제다.

그런데 누군지도 모르는 적과 같이 죽는다는 건, 죽어도 답답한 일이다.

상대의 실력이 결코 만만치 않다는 것을 알지만, 그렇다고 처음부터 전력을 다 펼칠 수도 없는 일이다.

그렇게 궁리를 거듭하는 동안 남궁세가의 은검대가 냉혈마제를 노리고 달려들었다.

"마제를 제압하라!"

마제는 자신의 절기인 이십사은비법(二十四隱飛法)중 하나인 은비철룡(隱飛鐵龍)을 펼쳤다.

마제의 팔뚝을 감싼 용이 양각된 철판에서 수십 갈래의 은빛이 쏟아져 나갔다.

"죽음을 각오한 놈만 오거라!"

"커억! 커컥! 억!"

칠팔 명의 은검대가 마제의 출수 한 번에 단말마의 비명을 토하고 피를 뿌리며 화물선 갑판 바닥을 나무토막처럼 굴렀다.

"저승길 서두르고 싶은 놈은 얼마든지 오너라! 크하하핫!"

쐐애액!

득의양양한 웃음을 터뜨리던 마제는 문득 날카로운 파공음이 들리자 힐끗 뒤를 돌아보았다.

그의 눈에 철편이 무서운 속도로 자신의 미간을 향해 날아오는 모습이 들어왔다.

벽혈무는 피하는 대신 쌍심지를 세우며 벼락같은 소리를 질렀다.

"우와아아악!"

철편을 휘두른 자는 소스라치게 놀라 황급히 철편을 회수하려 했으나 이미 늦었다.

마제를 노리고 날아오던 철편이, 마제의 내공이 실린 함성으로 형성한 반탄 강기에 튕겨서 철편을 휘두른 자에게 되돌아가 그의 어깨를 후려쳤다.

퍼억!

음공을 연마하면 소리의 파동으로 방어막을 형성하고, 반탄강기로 상대의 암기를 튕겨내고, 소리를 질러 상대에게 내상을 입힐 수도 있다.

물론 음성대법을 십이 성 대성한 고수만이 시전 가능한 수법이다.

"끄으응."

철편을 휘두른 자는 마제가 음공을 펼칠 줄은 미처 예상치 못했다. 자신이 먼저 공격했음에도 마제에게 선수(先手)를 빼앗겨 상처를 입었다.

자신의 철편에 자신이 당하자 철편 공격을 가한 자는 놀랍기도 하고 또 한편으로는 수치심에 불같이 화가 치밀어 오르기도 했다.

'아무리 상대가 마제라도 이런 수모를 당한다면 앞으로 어찌 은검대의 무사로 행세할 수 있단 말인가?'

그는 은검대 최정예 무사였기에 자신이 은검대인 것에 자부심을 갖고 있었고, 상대가 제아무리 뛰어나다 해도 자신이 전력을 다하면 충분히 상대가 되리라고 생각했다.

아직 공력이 미약하고 은검대 경력이 일천(日淺)하여 자신의 실력을 제대로 발휘하지 못해서 1차 망신을 당했지만, 필사즉생 정신으로 무장하고 재공격하여 실추된 명예를 되찾으리라.

그는 여기서 물러나면 은검대 생활은 끝이라고 생각하고, 어금니를 질끈 깨물고 철편을 움켜잡고 전방으로 달려 나가며 있는 힘껏 철편을 휘둘렀다.

물론 착각과 선택은 개인의 자유다.

그는 그때까지도 마제가 자신과는 차원이 다른 고수라는 것을 미처 깨닫지 못했다.

휘리릭!

철편이 마제의 팔뚝에 두른 용이 양각된 판에 감겼다.

마제가 팔을 슬쩍 움직이자 철편을 잡은 무사가 휙 딸려왔다.

그는 철편을 놓으려고 했으나 어쩐 일인지 손잡이가 놓아지지 않았다.

그것은 마제가 팔뚝에 감긴 철편을 손으로 잡고 내공을 주입시켰기 때문이었다.

마제 앞에 서게 된 무사는 자신의 운명을 예감하고, 평소 신앙이 없음에도 불구하고 '나무 관세음보살!'을 나직이 읊조렸다.

그런데 마제는 그를 해치지 않고 다정하게 어깨에 팔을 둘렀다.

"크크! 상대를 잘 보고 덤벼야지."

경험이 일천한 은검대원인 그는 어쩌면 마제가 자신을 살려 줄지도 모른다는 생각에 다시 불호를 나직이 외웠다.

"아, 아미타불!"

그는 잠시 안도의 한숨을 내쉬며 아직 자신의 목숨이 붙어 있는 것에 감사했다.

그 짧은 찰나의 순간에 불심으로 마음을 수양하면 참 좋겠다는 생각도 했다.

바로 그 순간, 수십 개의 표창과 수리검 등 각종 암기가 마제를 향해 쏟아져 왔다.

슈슈슈슉!

휘리리릭!

마제는 망설임 없이 어깨에 팔을 두른 무사를 한 손으로 들어 빠르게 돌렸다.

퍼퍼퍼퍽!

마제를 노리고 날아온 암기는 고스란히 그의 몸에 박혔다.

눈을 부릅뜬 채 죽음을 맞이한 무사는 생명의 빛이 꺼지기 직전, 불호 대신 다른 주문을 읊었다.

"아, 씨바……."

그의 마지막 표정은 공포와 탄식과 체념, 놀라움과 절망이 어우러진 모습이었다.

암기가 날아온 곳은 화물선의 좌측에 나타난 두 척의 쌍비선이었다.

第七章
빌려 쓰기 신공

쌍비선은 두 개의 돛대가 세워진 쾌속선으로, 이 세상에서 가장 빠른 쾌속선이라고 할 수 있다.

쌍비선은 바람이 불지 않아도 발로 물레방아를 돌려서 움직일 수 있는 구조로 되어 있어서, 상황에 따른 속도 조절은 물론 전후좌우로 신속한 방향 전환이 가능했다.

이 쌍비선이야말로 적을 기습하는 데는 최상의 전투선이라고 할 수 있는 것이다.

1차 암기 공격을 신호로 두 척의 쌍비선에 탄 복면을 쓴 수십 명의 흑의무사가 벽혈무와 녹림채의 인물들을 노리고 연이어 암기 공격을 가해왔다.

슈슈슈슉!

암기 공격이 시작되자 개방과 남궁세가의 무사들은 자신들의 배로 철수했다.

복면인들은 쉽사리 녹림채의 화물선에 올라오지 않았고, 눈에 띄는 목표에 암기 공격을 집중했다.

그들의 공격은 연합 공격 방식이라 방어는 가능하지만, 녹림채의 무사들이 도무지 반격할 틈을 주지 않았다.

"무사란 놈들이 암기나 날려대는 게 무사의 수치인 줄 모르느냐?"

녹림 1채주 황천길이 암기를 쳐 내고 쌍비선으로 신형을 날렸다. 그러나 쌍비선에 내린 황천길은 그들의 조직적인 연합 공격에 자신을 방어하기 급급했다.

깡! 까가가강!

벼혈무는 분통이 터져 나오는 대로 마구 울분을 토해냈다.

"이런 쌍! 우라질! 빌어먹을! 제기랄! 염병할! 젠장! 짜장! 초장!"

벽혈무는 궁지에 몰린 황천길을 돕기 위해 전력을 다해서 자신의 절초를 시전했다.

그가 절기인 이십사은비법 중에서도 가장 무서운 절초인 철룡격살(鐵龍擊殺)을 펴치며 사자후를 토했다.

"크아아아! 내 공격을 막을 수 있으면 막아봐라! 철룡격살!"

수백 개의 검기가 각자의 목을 노리고 날아들자 복면인들은 일제히 방어로 돌아섰다.

"힘을 모아 막아라!"

차차창!

눈부신 검광(劍光)이 폭죽처럼 피어오르며 낮은 신음 소리가 터져 나왔다.

"끄응~!"

이 수법은 위력이 대단해서 일순간 전세가 역전되어, 황천길이 복면인들을 잠시 몰아붙이는 상황이 연출되기도 했다.

그러나 복면인들은 흐트러진 자세를 바로 잡고, 연합 방어로 철룡격살을 막아내며 다시 황천길을 궁지에 몰아넣었다.

"이얍!"

그들의 공격을 견디다 못한 황천길이 짤막한 기합 소리와 함께 번개같이 신형을 틀어 화물선으로 돌아왔다.

화물선의 녹림채 무리는 암기 공격을 근근이 막을 뿐, 복면 무사들을 효과적으로 공략할 방법이 없었다.

복면 무사들은 자신들이 승기를 잡았다고 생각했는지, 진을 치고 대기하던 쌍비선들에 총공격 명령을 내렸다.

"총공격하라!"

쌍비선들이 화물선 좌우로 달라붙으며 암기를 쏘아대자, 녹림채 무사들은 갑판에서 섣불리 얼굴을 내밀기도 어려운 지경이 되었다.

"북으로 올라가자!"

벽혈무는 화물선에 북진을 명령하고 선두로 나아가 방어를 진두지휘하였다.

화물선이 제자리에 있으면 사방에서 공격을 받게 되므로 방어에 불리하다.

벽혈무는 북쪽 수로로 화물선을 움직이게 하여, 좌우측의 공격만 방어토록 하였다.

벽혈무의 예상대로 표적이 움직이므로 암기의 명중률도 낮아졌고, 암기 방어는 한결 수월해졌다.

화물선이 수로를 따라 반 시진쯤 올라갔을까?

벽혈무와 황천길을 비롯한 화물선의 무리들은 앞을 보고 입을 딱 벌렸다.

"맙소사!"

쌍비선이 북쪽 수로를 꽉 메운 채, 녹림채의 화물선 앞을 가로막고 있었다. 말 그대로 피할 곳이 보이지 않는 악 소리 나는 순간이었다.

바로 그때, 악 소리 대신 '까아악'하는 괴이한 까마귀 우는 소리가 귀청을 울렸다.

난데없이 하늘로 떠오른 시커먼 그림자 하나가 앞을 가로막은 쌍비선의 복면 무사들 코앞으로 쏘아져 왔다.

괴인의 출현은 너무도 갑작스러워, 복면 무사들은 그 인영(人影)이 어디서 나타났는지 짐작조차 하지 못했다.

복면인들은 무언가 괴이한 인영이 자신들을 향해 무서운 속도로 돌진해 오는 것을 보고 안색이 굳은 채 들고 있는 장검을 앞으로 곧추세우고 방어 동작을 취했다.

괴인이 구사하는 초식은 바로 독하수조의 초식이었다.

복면인들은 일제히 무쇠라도 잘라 버릴 기세로 검을 내려쳤다.

그러나 괴인은 장검을 피하기는커녕 오히려 다가오며 손을 앞으로 불쑥 내밀었다.

마치 갈고리처럼 괴이하게 구부러진 검푸른 손가락이 검광을 향해 정면으로 돌진해 들어왔다.

괴인의 손놀림을 보고 놀란 마제가 탄성을 터뜨렸다.

"어엇! 천살조력(千殺爪力)!"

귀청이 떨어지는 듯한 쇳소리가 수로를 뒤흔들었다.

까깡! 깡!

그 파공음이 어찌나 날카로웠던지 공력이 약한 추대평은 귀를 틀어막고 비틀거렸다.

"으아아! 아아아!"

괴인은 한 손에 든 단검으로 복면인들의 검을 막고, 그들의 머리, 어깨, 등을 발로 밟고 날아다니며 복면인들을 손에 걸리는 대로 잡아채서 허공으로 마구 던져 버렸다.

그 손놀림이 어찌나 빠른지 붙잡히는 자들은 자신을 향해 뻗어오는 손을 보면서도 도무지 피할 재간이 없었다.

순식간에 십여 명의 복면인이 괴인의 손에 잡혀 허공으로 날리고, 잠시 하늘을 어지럽게 날다 운하에 빠졌다.

풍덩! 풍덩!

"까악!"

그때마다 괴인은 귀에 거슬리는 까마귀 울음소리를 내며 연신 복면인들을 낚아채서 지체 없이 허공으로 집어 던졌다.

복면인 중에 몇 명이 정신을 차리고 공격을 시도하기도 했지만, 괴인이 너무 빨라서 검을 휘두르면 자신의 동료들만 찌르고 벨 뿐이었다.

"으아악!"

"크어억!"

"공격하지 마! 우리 편이 상한다!"

복면인들은 괴인영의 빛처럼 빠른 종횡무진 초식에 속수무책이었다.

복면인들은 공격조차 못 하고, 방어는커녕 갈고리 손에 안 잡히기 위해 배 안에서 이리저리 도망 다니기 바빴다.

그 모습을 보고 풍검이 환하게 웃으며 중얼거리기 시작했다.

"흐흐흐, 살았네. 생문은 동서남북엔 없고 하늘에 있었어. 생문은 천문일세."

까마귀 울음소리를 내며 복면인들의 머리를 밟고 허공을 날아다니는 괴인은 다름 아닌 목탁이었다.

목탁은 아직도 구부정한 노인의 모습인데 빠르기는 물 찬 제비보다 빠르니, 복면인들은 강호의 은거괴인이 출현한 것으로 여기며 목탁이 내지르는 괴이한 울음소리에 공포심을 느꼈다.

복면인들은 괴노인의 손아귀에 잡히지 않으려고 허둥거리다 무림인들이 가장 수치스러운 초식으로 여기는 당나귀가 몸을 굴려 피한다는 '뇌려타곤' 초식까지 구사하고 있었다.

목탁이 까마귀 소리를 내는 것은 일부러 그런 것이 아니었다. 아직 쉿소리 나는 노인의 목소리로 기합을 넣다 보니 자신도 모르게 이상한 괴성이 나온 것이었다.

사실 목탁은 자신이 펼치는 초식이 독하수조인지, 천살조력인지 전혀 모른다.

그저 사부가 자신을 때릴 때 피하면서 사부가 자신을 잡아채던 걸 기억해 내고, 사부가 자신을 잡으려 했던 걸 흉내 내어 그대로 따라 한 것뿐이었다.

어쨌거나 복면인들의 암습은 괴노인, 아니 목탁의 하늘로 마구 집어 던지기 초식으로 무산됐다.

암습에 실패한 복면인들은 자신들이 타고 온 쌍비선을 후진시키려 했다.

그 순간, 괴노인 모습의 목탁이 복면인 하나를 손으로 잡아채 옆구리에 끼고 화물선으로 몸을 날렸다.

졸지에 포로가 된 복면인은 괴노인의 손아귀에서 몸부림칠 사이도 없이 화물선 바닥에 내동댕이쳐졌다.

목탁이 복면인의 복면을 벗기자, 약관의 청년 얼굴이 드러났다.

아직 앳되고 귀여운 느낌까지 드는, 청년이라기보다는 소년에 가까운 느낌이었다.

짙은 눈썹과 오뚝한 콧날, 큰 눈이 균형 잡혀 있는 잘생긴 미남이었다.

그러나 그는 거칠게 몸을 일으켜, 자신을 잡아 온 괴노인을 향해 주먹을 휘둘렀다.

목탁이 그 주먹을 옆으로 흘리며 내뻗은 팔을 뒤로 꺾었다. 괴노인이 자신의 상대가 아님을 직감하고, 스스로 혀를 깨물고 자진하려는 찰나, 곁에 있던 풍검의 빠르게 손을 뻗어 복면인의 혈을 짚었다.

그러자 그는 곧바로 깊은 잠에 빠져들었다.

풍검이 잠에 빠진 청년을 가리키며 목탁에게 물었다.

"이자는 왜 생포한 건가?"

"복면을 쓴 이유가 궁금해서요."

목탁이 대답하자 풍검이 고개를 끄덕였다.

"흐흐, 그렇군. 하지만 스스로 말하진 않을 테니, 주문을 좀 걸어야겠군."

"주문을 걸면 자백을 하나요?"

"그건 이따가 두고 보면 알 걸세."

쌍비선들은 화물선과 일정한 거리를 두고, 학이 날개를 펼친 모양으로 포위했다.

화물선이 북상하려면 저들이 펼친 학익진을 돌파해야만 한다.

진이 형성되자 쌍비선에서 화물선을 겨냥한 불화살이 쏘아지기 시작했다.

슈슈슈!

"흥! 고작 준비한 것이 또 화공이냐?"

지난번에 녹림채의 수적선이 불화살 공격을 받은 기억을 떠올린 냉혈마제는, 지체 없이 신형을 날려 물 위로 뛰어내려 달리기 시작했다.

촤촤촤!

물 위로 뛰어내린 마제는 수면을 박차고 빠르게 물 위를 달리는 동시에 발등으로 수로의 물을 차올리며 외쳤다.

"수인장파(水引長波)!"

츄우우! 츄우우!

마제가 달리는 화물선 주위로 수십 개의 물기둥이 치솟아, 쌍비선에서 날아오는 불화살은 모두 무용지물이 되었다.

내공을 실어 발등으로 물을 차올리면, 물이 장력에 의해 딸려 올라오는 물의 성질을 이용한 방어였다.

그것을 본 녹림채의 무사들이 환호성을 질렀다.

"와아! 총표파자님! 멋지십니다!"

"놈들을 아예 수장시켜 버리십시오!"

화공이 무위로 돌아가자, 이번엔 쌍비선이 화물선을 향해 돌진하기 시작했다.

쌍비선 앞에는 적선을 충파할 수 있는, 끝을 뾰족하게 깎은 아름드리 통나무가 장착되어 있었다.

"저, 저것들이 미쳤나?"

"저런 무모한 자폭 작전을……."

"다 같이 물귀신이 되자는 작전일세. 지독한 놈들!"

"속, 속히 배를 피해야 합니다."

그런데 그보다 더 놀라운 건, 돌진하는 쌍비선에는 사람이 한 명도 타고 있지 않다는 것이었다.

쌍 돛을 올리고 풍력기를 돌려서 배의 속도가 올라가면, 격군들이 배에서 뛰어내렸다.

쌍비선이 잠시 동안이나마 자동 운항이 가능한 점을 이용한 무인 충돌작전이었다.

그것은 자기편의 인력 손실이 전혀 없는, 지능적이고 효과적인 공격 방법이었다.

촤아아! 촤아!

무인으로 수면을 운항하는 쌍비선의 속도는 생각보다 훨씬 빨랐다.

화물선이 쌍비선을 피하려고 해도, 세 방향에서 동시에 화물선을 향해서 돌진해 오므로 피하기도 어려웠다.

진땀 나는 순간에 화물선의 사람들이 할 수 있는 건, 소리치는 게 다였다.

"으아아아아!"

"배가 충돌한다! 뭐든지 꽉 잡아라!"

쾅! 쾅! 쾅!

화물선에 탄 사람들은 커다란 충격에 화물선이 부스러지는 느낌이 들었다.

쌍비선이 연달아 충돌하자 화물선 옆면에 구멍이 생기고 바닥에 금이 갔으며, 그 틈으로 물이 새어 들어오기 시작했다.

콸콸콸!

복면인들의 공격은 시종일관 매우 조직적이고 작전 수행 능력도 일사불란하였다.

이러한 수법은 집단적으로 훈련을 받고 진법 수련을 받아야만 가능한 공격들이었다.

쌍비선은 계속 화물선을 노리고 세 방향에서 달려들었다.

아마도 배가 수장될 때까지 저들의 충돌작전은 멈출 것 같지가 않았다.

화물선 갑판 하부의 격군들이 갑판 위로 올라오며 소리쳤다.

"큰일 났습니다. 물이 차올라 배가 기울기 시작합니다!"

"구멍을 틀어막고 되는대로 수리해!"

1채주 황천길이 배를 수리하라고 외쳤지만 돌아오는 대답은 불가였다.

"깨진 곳이 많아서 수리가 불가합니다!"

이대로라면 잠시 뒤, 배가 침몰하는 긴박한 상황이었다.

1채주 황천길도 어두운 얼굴로 총표파자를 찾았다.

"아무래도 배를 버려야 할 것 같습니다. 우리가 물로 뛰어들면 꼼짝없이 놈들에게 집중 공격을 당할 텐데 큰일입니다."

황천길은 물에 빠진 채 저들의 공격을 감당할 일이 생각만 해도 끔찍했다.

그러나 황천길의 우려에도 냉혈마제는 태평스러운 표정이었다.

"큰일이라니? 그러고도 자네가 1채주의 자격이 있나? 황 채주, 우리의 본분이 뭔가?"

"예?! 우리는 녹림 18채……."

"내 말은, 녹림 18채가 하는 일이 뭐냔 말이야?"

"그야……."

녹림 18채가 하는 일은 장강과 황하 및 여타 수로에서 노략질하는 것이 본업이다.

그러나 황천길은 마제의 말이 무슨 뜻인 줄 몰라 버벅거렸다.

"답답하긴, 우리는 무엇이든 빌려 쓰는 게 전문 아닌가?"

"아, 예, 대체로 허락 없이 강제로 빌려 쓰기는 합니다만……."

"강제라는 것은 상상력이 빈곤한 인간들의 계산법일세."

"그럼… 억지로 빌리는 걸로……."

"쯧쯧, 1채주는 아직 멀었구먼. 유사 이래 모든 것을 자연으로부터 빌려 쓰는 것이 자연의 이치 아닌가?"

"아, 예, 그게 긍정적 시각에서 보면 그런 면도……."

"채주씩이나 돼 갖고 그런 상식도 없이 버벅거리면 어쩌자는 것이야?"

마제의 논리는, 인간이 누구나 빈손으로 태어나는 것은 세상에 필요한 모든 것이 있기 때문이며, 하늘이 만물의 주인이니 누구나 필요하면 언제 어디서든 빌려 쓰면 된다는 이치였다.

어쨌거나 타인의 물건을 무단으로 점유하는 이론과 철학이 부족한 황천길은, 마제의 말에 아리송하고 애매한 표정을 지었다.

"잘 들어라! 지금부터 우리는 저 쌍비선들을 빌려 쓸 것이다."

마제가 자신의 작전을 외치자 그제야 말귀가 트인 황천길의 표정이 밝아졌다.

'아, 씨. 그냥 적의 배를 뺏는다고 하면 되지.'

"모두들 저 쌍비선을 잘 빌릴 수 있겠나?"

마제가 쌍비선을 손으로 가리키자 자신감 넘치는 대답이 수로 위에 울려 퍼졌다.

"옙! 확실하게 빌리겠습니다."

마제의 적절한 작전 지시에 녹림채의 무리는 아연 활기를 띠었다. 적의 배로 적을 공격하니, 차도살인지계의 변형 작전인 셈이다.

녹림채의 무사들이 충돌하려고 다가오는 쌍비선으로 일제히 몸을 날렸다.

"어서 와라! 쌍비선은 우리가 접수한다!"

*   *   *

목탁도 쌍비선으로 옮기려고 조비비와 난영을 양팔로 안았다.

목탁이 여자들의 추락 방지를 위해 양팔을 꽉 끌어안자 자연스럽게 목탁의 손이 두 사람의 가슴에 닿았다.

긴박한 상황인지라 조비비나 난영은 그 점에 개의치 않았다. 그런데 당사자인 목탁은 두 여인의 가슴이 뭉클 손에 잡히자 가슴이 콩닥거렸다.

양손에 전기가 찌릿찌릿 하자 호흡이 빨라지고 귓불이 빨개졌다.

목탁이 쌍비선으로 몸을 날리지 않고 머뭇거리자 조비비가 입을 열었다.

"아무래도 한 번에 두 사람은 무리인 것 같아요."

"아, 아니, 괜찮습니다."

"전 나중에 가도 좋으니 절 내려주세요."

그러나 그러기엔 쌍비선이 코앞에 다가와 있어서 시간이 없다.

목탁은 양손에 힘을 주어 두 여인의 가슴을 꽉 붙여서 잡고 신형을 날렸다.

휘익!

짧은 순간, 조비비도 목탁의 손길을 느끼고 잠시 황홀한 기분이 들었다.

추대평은 풍검의 등에 업혀 쌍비선에 발을 디뎠다.

쌍비선에 오른 녹림채의 무사들은 희희낙락하며 배를 조종하려고 쌍비선의 이모저모를 빠르게 살폈다.

그런데 배를 살피던 무사들의 얼굴에 당황한 기색이 역력했다.

"이, 이거 돛이 고정되어 움직이질 않습니다!"

"방향키도 고정되어 있어서 말을 안 듣습니다."

"그럼 노를 저어서 방향을 바꿔!"

"놈들이 배에 노를 하나도 남겨두지 않았습니다."

"뭐라고?!"

이런 일은 전혀 예상에 없는 일이었다.

작전대로 배는 빌렸는데 움직일 수 없다니 황당한 노릇이었다.

녹림채가 배를 탈취할 것까지 예상했다면 그야말로 심장이 오그라드는 일이다.

만반의 준비를 갖추어 기습하면서 적의 대응까지 계산했다면 보통 지략가가 아니란 이야기다.

즉 끝까지 안심할 수 없는 무서운 지휘자가 이쪽의 움직임을 훤히 읽고, 노리고 있다는 얘기다.

녹림채가 탈취한, 아니 탈취했다고 생각한 쌍비선은 모두 3척이었다.

그러나 마제는 예상치 못한 상황에도 당황하지 않고, 백전노장의 지휘자답게 부하들에게 배 수리를 독려했다.

"수적선을 부린 경험을 발휘해서 어떻게 좀 해봐!"

"이건 구조 자체가 수적선과 영 딴판입니다."

"머리는 장식으로 달고 다니나? 머리를 쓰란 말이야!"

그러나 부하들의 머리는 쌍비선에서는 무용지물이었다.

"이런 빌어먹을!"

답답한 마제가 가슴을 쳤지만 지금으로선 별 도리가 없었다. 배는 그저 수로에 흐르는 물의 흐름을 따라 흘러가고 있었다.

복면인들은 적당한 거리를 두고 녹림채가 탄 쌍비선을 뒤쫓았다. 다행인 것은 복면인들이 더 이상 공격을 시도하지 않는다는 것이었다.

무공을 모르는 추대평도 그 점이 궁금했나 보다.

"왜 공격을 하지 않을까?"

"글쎄, 또 무슨 꿍꿍이가 있겠지."

마제가 매의 눈으로 주위를 훑으며 소리쳤다.

"어디서 암습을 가해올지 모르니까 방심하지 말고 주위 경계를 소홀히 하지 마라!"

목탁도 저들의 의도를 모르기는 마찬가지였다.

목탁은 막간을 이용해 풍검에게 자신을 본래의 모습으로 돌려달라고 부탁했다.

풍검이 인면피구를 떼어내고 목탁의 뼈와 관절을 매만졌다. 몇 번 '두두둑' 소리가 나더니 목탁이 본래의 모습으로 돌아왔다.

목탁은 손으로 자신의 얼굴을 매만지며 진품 확인 작업을 했다.

"하하! 이거 참 신기하고 놀랍네요."

어느덧 목소리도 카랑한 쇳소리에서 제 목소리로 돌아와 있었다.

추대평과 조비비가 본모습으로 돌아온 목탁을 축하했다.

"형! 40년 젊어진 걸 축하해."

"젊은 목소리 찾은 걸 축하해요."

목탁은 자신의 팔뚝에 불끈 솟았던 핏줄들이 사라진 게 신기한지 연신 손으로 자신의 팔을 어루만져 보았다.

"거참, 이 몸이 내 몸이 맞는 건가?"

그렇게 이 각쯤 지났을까?

어쩐 일인지 노를 젓지 않는 쌍비선의 속도가 조금 빨라진 듯했다. 뒤쫓는 복면인들의 쌍비선이 아까보다 더 멀어진 느낌이 들었다.

그 대신 남궁후가 탄 용선이 바짝 속도를 높여서 녹림채가 탄 쌍비선을 따라붙었다.

개방의 소화룡과 소화천이 부리는 배들도 차츰 거리를 좁혀오기 시작했다.

아무래도 또 일전을 각오해야 될 것 같은 분위기였다.

"저것들 뭐야? 이젠 공격도 번갈아 하는 거야?

"젠장! 배를 맘대로 부릴 수 없으니 답답해 미치겠구먼."

"이왕 이렇게 된 거 잘됐다. 저놈들이 다가오면 저놈들 배를 빌리자!"

마제의 말에 일전을 각오하며 긴장하던 녹림채 무리들의 얼굴이 밝아졌다.

1채주 황천길도 새삼 마제의 지략에 감탄했다.

"역시, 총표파자님은 전술전략의 천재이십니다."

"하하핫! 적들이 오는 걸 이렇게 가슴 설레며 기다리는 건 또 처음일세."

마제도 은근히 자신의 전략에 자부심이 느껴졌다.

적선을 탈취할 생각을 하고 기다리자, 의외로 적들의 접근이 느리게 느껴졌다.

부하들은 선미에서 적선을 향해 빨리 오라고 손짓을 하기도 했다.

"이놈들아, 빨리 좀 와라."

"이왕이면 남궁후 저놈이 탄 용선부터 차지하자고."

"헤헤, 아무래도 용머리 조각이 달린 게 좀 있어 보이긴 하죠."

배가 나아가는 방향으로 오십여 장 앞에, 운하가 북과 동으로 갈라지는 삼각 수로 지점이 나타났다.

동쪽 수로변에는 붉은 깃발들이 줄지어 세워져 있었다.

앞서 가던 대부분의 배들은 북쪽 수로 쪽으로 나아갔다.

그러나 자체 조종이 어려운 녹림채들이 탄 쌍비선은 물살의 흐름이 빠른 동쪽 수로로 접어들었다.

그러자 뒤쫓아오던 복면인들의 쌍비선은 그 지점까지 따라오고 추격을 멈췄다.

남궁후의 용선이 삼십여 장, 개방의 배들이 오십여 장 거리로 접근하자, 녹림채들은 만약에 대비해서 적선을 잡아챌 갈고리에 밧줄을 달아 두었다.

이십여 장, 십여 장…….

가까이 다가오던 용선이 갑자기 방향을 바꾸며 배를 돌렸다.

"어?! 뭐야? 우리 작전을 눈치챘나?"

입맛을 다시며 침을 삼키던 녹림채의 무사들은 허탈감에 빠졌다. 용선에 이어 개방의 배들도 황급히 배를 돌려 수로를 거슬러 올라갔다.

"야아~ 저것들 눈치 빠르네."

"우리가 살기를 너무 강하게 풍겼나?"

생각 같아선 배를 돌려 뒤를 잡아채고 싶으나 이 배는 돌릴 수 없다. 그런데 노를 젓지도 않는데 점점 배의 속도가 빨라지고 있었다.

그렇다고 바람이 세게 불어 돛이 바람을 받은 것도 아니다.

콰아아아아아아아아!

한순간, 천지를 삼켜 버릴 것 같은 거대한 굉음에 모두들 몸이 움찔했다.

그것은 거대한 폭포가 내는 물소리였다.

뒤따라오던 배들이 서둘러 배를 돌린 건 바로 이것 때문이었다. 폭포가 가까워질수록 물소리는 더 거세졌고 유속도 더 빨라졌다.

누군가 다급하게 소리쳤다.

"배를 돌려야 합니다! 전방에 폭포입니다!"

第八章

하늘을 나는 배

알고 있다. 그러나 그럴 수 있는 방법이 전혀 없다.

배에서 뛰어내려도 이 정도 유속이면 그대로 물살에 휩쓸려 갈 게 뻔하다.

냉혈마제가 울화통이 터지는 목소리를 내뱉었다.

"젠장! 아까 수로변의 붉은 깃발이 폭포를 알리는 위험 표시였어!"

이제야 지나친 위험 표시를 눈치챘지만, 할 수 있는 일이 아무것도 없었다.

쌍비선은 말 그대로 속수무책이었다.

마지막 남은 건 두 손 모으고 간절히 기도하는 방법뿐이다.

그러나 아무도 손을 모으지 않았다.

신심이 두터운 인물이 아무도 없는 탓이리라.

모두들 두려운 마음으로 서로의 얼굴만 쳐다보고 추락의 순간을 기다리는 절체절명의 순간, 목탁이 자리를 박차고 신형을 날렸다.

어느 틈에 챙겼는지 그의 손에는 밧줄 달린 갈고리가 들려 있었다.

목탁은 배 뒤의 난간에 갈고리를 걸고, 물을 박차며 수로변의 땅을 향해 달렸다.

촤촤촤촤!

어림짐작으로 배에서 땅까지의 거리는 대략 오십여 장, 밧줄의 길이는 다 해서 삼십여 장쯤 되었다.

물리적 계산으로는 밧줄이 이십여 장 부족한 것이다.

그래도 목탁은 개의치 않고 전력을 다해 달리며 배를 끌었다.

그 모습을 보고 마제와 황천길도 물 위로 신형을 날려, 목탁과 같이 사력을 다해 밧줄을 끌었다.

수로 위에서 거센 유속과 고수들의 줄다리기 한판 승부가 벌어졌다.

이대로 이십여 장을 내달려 물가의 나무에 밧줄 갈고리를 걸 수 있다면, 살 수 있다는 희망에 모두들 젖 먹던 힘까지 끌어올려 밧줄을 당겼다.

"이야아아아아!"

촤촤촤촤!

목탁과 마제, 황천길은 밧줄을 옆구리에 끼고 수로변을 향해 부단히 달렸으나, 안타깝게도 물 위의 제자리만 차대는 형국이었다.

수로변과 목탁이 버티고 있는 지점의 거리는 불과 십여 장정도의 거리였다.

더 이상 배는 끌리지 않고, 힘이 빠지면 배에 탄 사람들은 배와 같이 천 길 폭포 아래로 떨어져 내릴 것이다.

쿠와아아아아아!

지척에서 울리는 천지를 진동시키는 굉음에 모두 정신을 잃을 지경이었다.

그때, 목탁이 배를 향해 소리쳤다.

"모두 밧줄을 타고 달려와요!"

목탁의 말에 '수로에서 외줄타기' 신공이 펼쳐졌다.

타타탓! 타악!

녹림채의 무사들이 외줄 위를 달려서 목탁 앞에 이르면, 목탁이 발로 차서 그들을 수로변으로 안착시켰다.

녹림채의 무사들은 아무 문제없이 외줄 위를 달릴 수 있지만, 여자들과 추대평이 문제였다.

"풍 대협! 대평과 여자들을 부탁해요!"

풍검이 추대평을 목마 태우고 두 여자를 업고 안았다.

풍검이 밧줄 위에 올라서자 밧줄이 휘청거렸다.

조심스럽게 중심을 유지하며 걸어오는데 물살이 출렁하자 그만 중심을 잃었다.

풍검과 한 몸이 된 사람들이 한꺼번에 물속으로 빠졌다.

놀란 목탁이 그들이 빠진 지점으로 몸을 날렸다.

그러자 그때까지 물 위에서 버티던 배가 물살에 휩쓸리며 옆으로 기울어졌다.

쿠와아아아아!

물살에 휩싸인 배는 거대한 폭포를 눈앞에 두고 완전히 거꾸로 뒤집어졌다.

쿠콰콰콰콰콰!

거대한 폭포의 넓이는 삼백여 장이 넘었고, 높이는 칠십여 장은 족히 되어보였다.

엄청난 수량이 물보라를 일으키며 쏟아져 내리는 모습은 가히 장관이었다.

마치 온 세상의 물이 이곳에 다 모여서 한꺼번에 쏟아지는 것 같았다.

거대한 물살에 휩싸인 배는 한 조각 가랑잎이 바람에 휘날

리듯 물결 따라 춤을 췄다.

이미 쌍비선의 돛대는 부러져 어디론가 사라졌고 돛은 흔적도 찾을 수 없었다.

배에 무엇이 실렸든 안전하기는 이미 틀렸고, 추락하면 흔적조차 찾기 어려울 것 같았다.

무서운 기세로 몰아치는 물살은 대라신선이라도 거스를 수 없을 만큼 거세고 두려움을 느끼게 했다.

츄와아아아아~!

폭포 아래에는 떨어져 내리는 물의 수력에 의한 거대한 소용돌이가 모든 것을 휘감아 돌렸다.

그 소용돌이에 휘말리면 그 어떤 것도 빠져나오긴 어려울 것이다.

만일 누군가 그 모습을 지켜보더라도 할 수 있는 일은 그저 폭포에 휘말린 배를 향해 합장을 하고 명복을 비는 것뿐일 것이다.

목탁 덕분에 수로변으로 올라간 녹림채 무사들은 폭포에 휘말린 배를 보며 안타까운 맘을 금치 못했다.

"아, 저걸 어쩌지?"

냉혈마제 벽혈무가 부하들에게 다음 행동에 대한 지시를 내렸다.

"속히 폭포 아래로 내려가는 길을 찾아서 목 대협의 안위를 확인토록 해라!"

　지시가 떨어지자 1채주 황천길이 앞장서서 부하들을 이끌고 내달렸다.

　　　　*　　　　　　*　　　　　　*

　츄우우우~ 촤륵!

　한순간, 떨어지던 배가 중심이 잡혀 폭포 속에서 잠시 바로 선 형국이 되었다.

　'도대체 어디 있는 거야?'

　놀랍게도 목탁은 폭포수가 휘몰아치는 배의 갑판에서 난간을 붙잡고 안력을 집중시켜 사람들의 위치를 살피려 애쓰고 있었다.

　그러나 쏟아져 내리는 폭포수에 시야가 차단되어 바로 앞도 분간키 어려울 지경이었다.

　갑판 난간을 잡고 선 목탁이 느닷없이 엄청난 괴성을 토해 냈다.

　그 괴성은 폭포의 굉음을 누를 만큼 강력하고 웅혼한 기운이 실려 있었다.

　"크와아아아아아아아!"

　떨어져 내리던 배가 찰나지간 하강을 멈췄다.

배는 제자리에서 수 초간 진동을 하며 쏟아져 내리는 폭포수를 견뎠다.

드드드드드~!

다음 순간, 진동하던 배가 폭포수를 뚫고 허공을 날았다.

파아아아!

폭포를 뚫고 나온 배는 한 마리 새처럼 보였다.

마치 커다란 새 한 마리가 폭포수 앞을 나는 것 같았다.

칠십여 장의 폭포 중간쯤에서 생긴 일이었다.

누군가 그 모습을 봤다면 괴성을 질러대는 새라고 생각했을 것이다.

"크아아아아아아!"

목탁은 여전히 난간에 서서 지를 수 있는 최대한의 소리를 지르고 있었다.

목탁은 내공 운용법을 배운 적도 없고, 스스로 공부한 적도 없다.

그저 위기 상황에서 온몸의 힘을 짜내어 고함을 지른 것뿐이다.

그러자 몸속에 내재된 내공이 저절로 운용되어, 발을 딛고 있는 배에 내공이 주입되었다.

이를테면 폭포를 빠져나가야 한다는 본능의 의도를 충실히 수행한 것이라고 할까?

간단하게 말해서 목탁이 무의식적으로 행동한 게, 곧 자신도 모르는 내공 운용이 된 것이다.

사실 그것은 '천존자의 뜻대로 우주가 반응한다'는 태상노군의 말이 실현된 것이었다.

'천존은 우주와 하나 되는 것이다. 나는 우주의 뜻을 알고 우주는 나의 뜻을 안다.'

불경에도 나와 있고, 마교의 경전에도 있으며, 어지간한 비서에는 다 나와 있는 말이다.

무림비서에도 분명히 그 구절이 있지만, 아무도 천존을 체험한 자가 없어서 사람들은 그 구절을 그저 신화나 전설로 전해져 내려오는 옛 기인이나 성현의 체험담 정도로만 여겼다.

그럴 수밖에 없는 것이, 부처가 아무리 자신이 깨닫고 본 것을 사람들에게 설명해 주어도 거기에 도달하지 못한 자는 그저 그 경지를 자신의 생각으로 해석하고 미루어 짐작할 수밖에 없는 까닭이다.

하늘을 나는 배의 갑판에 선 모습이 된 목탁은 스스로도 깜짝 놀랐다.

'어? 이게 어떻게 된 거지?'

하늘을 나는 배 위로 커다란 무지개가 뜬 풍경은 한 폭의 그림이었다.

경황이 없는 중에도 목탁은 잠시 아름다운 무지개를 감상

했고, 연상 작용으로 자신의 생에서 가장 아름다운 여인 곽청을 잠시 떠올렸으며, 습관처럼 얼굴에 해맑은 미소를 지었다.

절체절명의, 한 치 앞을 모르는 생과 사가 갈리는 순간에 미소를 짓는 남자.

그 모습을 보고 충격을 받은 사람들이 있었다.

밧줄에서 중심을 잃고 물에 빠지는 순간, 풍검은 신속하게 자신의 몸에 붙은 세 사람을 밧줄로 동여맸고, 목탁이 생포한 복면 청년도 급류에 휘말려 요동을 치고 뒤집히는 배의 난간 구석에 칭칭 묶어 놓았다.

죽을 때 죽더라도 저승길 동무가 있다면 외롭진 않으리라.

그런데 갑자기 벼락같은 괴성이 울려서, 저승 문을 통과하는 줄 알았다. 게다가 어럽쇼? 놀랍게도 배가 폭포를 뚫고 나가는 기적이 발생했다.

죽어야 옳은데 배가 하늘을 날고 하늘엔 오색찬란한 무지개가 떠 있다.

'아하! 운이 좋아 선계로 왔구나. 다행이다.'

정말로 모두 그렇게 생각했다.

그런데 누군가 갑판 위에서 해맑은 미소를 짓고 서 있다.

낯익은 얼굴이다. 목탁이 갑판 위에서 해맑게 웃고 있는 것이 아닌가?

조비비는 이게 현실일 리 없으므로 목탁과 같이 저승에 온 것에 감사했다.

'지상에서 못다 한 사랑 저승에서라도…….'

그때 제일 먼저 정신을 챙긴 풍검이 소리를 질렀다.

"이대로 떨어지면 배가 박살 날 거야!"

그 소리에 모두 제정신이 들었고 목탁도 화들짝 놀라 배 밑을 살폈다.

내공의 힘으로 폭포를 빠져나온 배는, 목탁이 더 이상 내공을 쓰지 않자, 자연의 법칙에 맞게 급전직하로 떨어져 내리고 있었다.

폭포를 벗어나 상당 부분을 날아온 배는 급류 지역을 벗어나 있었다.

배에서 수면까지는 불과 십여 장, 이미 상당 부분 파손된 배가 수면과 충돌하면 충격을 이겨내기는 힘들 것이다.

목탁은 다시 힘을 끌어 모아 고함을 질렀다.

"우아아아아아아!"

그런데 무슨 문제가 생겼는지 배의 하강 속도는 조금도 줄지 않았다.

당황한 목탁이 다급하게 다시 목청을 돋우어 외쳤다.

"와아아악!"

그러나 목탁의 외침은 웅혼한 고함이 아니라 다급한 비명에 가까웠다.

배는 다급한 비명에 반응하지 않았고 그대로 수면에 처박혔다.

으어어어어!

콰아악!

뻐그덕! 빠작!

배는 수면과 충돌하며 기괴한 소리를 내면서 박살 났다.

충돌 직전에 목탁이 몸을 날려 사람들을 배 밖으로 던지지 않았다면, 박살 나는 배와 함께 엄청난 타격을 입었을 것이다.

다행히 폭포 하류의 물살은 거세지 않았고 깊지도 않아서 모두 몸을 추스르고 무사히 물 밖으로 빠져나올 수 있었다.

"모두 괜찮은가요?"

제일 먼저 사람들의 안위를 챙긴 건 목탁이었다.

풍검이 목탁의 목소리에 반응했다.

"하하하! 자네 목소릴 들으니 살아났다는 게 실감이 나는구먼."

풍검은 아직도 잠들어 있는 복면을 썼던 청년의 혈을 짚어 그를 깨우고, 자진하지 못하도록 입에는 재갈을 물려서 물가의 나무에 묶어 놓았다.

놀라고 진이 빠진 사람들은 물가에서 오랫동안 휴식을 취했다.

얼마나 시간이 지났을까?

어느덧 해가 서산마루 자락을 넘어가고 있었다.

휴식을 취하고 몸을 일으킨 풍검이 나무에 묶어 놓은 청년에게 다가가, 그의 눈앞에서 실로 묶은 은전 하나를 천천히 흔들었다.

목탁이 고개를 갸웃하고 물었다.

"지금 뭐하시는 건가요?"

"흐흐, 주문을 거는 걸세."

"무당들의 주술 같은 건가요?"

"쉿! 깊은 대화를 나눌 거니까 잠자코 지켜보게."

풍검은 대답 대신 손가락을 자신의 입술에 대고 침묵을 주문했다.

"자, 이제 몸과 마음이 편해지고 서서히 잠이 올 거야. 잠자는 동안 내가 몇 가지 물어볼 테니, 자네가 아는 대로만 말해 주게."

잠자는 사람과 대화를 나눈다는 게 목탁은 이해가 되지 않았다.

풍검의 말대로 청년은 이내 잠 속으로 빠져들었다.

"자네 이름이 뭔가?"

"내 이름은 진소달입니다."

풍검이 묻자 놀랍게도 청년은 자면서도 또렷한 목소리로 대답을 했다.

"진소달, 자네는 어디 소속인가?"

"남궁세가의 은검대 소속입니다."

강호의 소식에 정통한 풍검이 고개를 갸웃했다.

"남궁세가의 가주이자 무림맹의 맹주인 남궁일경이 자신이 키운 금검대를 무림맹 소속으로 만든 건 알고 있지만, 은검대가 있다는 건 처음 듣는걸?"

"은검대는 세가의 비밀병기로 드러나지 않은 척살대입니다."

"그렇군. 그럼 은검대는 누구의 명을 받나?"

"명은… 가주에게서 나옵니다."

"가주라면 남궁후를 말하는 건가?"

"후는 가주의 아들로 세가의 항주 분타주일 뿐입니다. 표면적으로는 분타주의 명을 받지만 은검대장은 오직 가주의 명을 따릅니다."

진소달의 입에서 나온 말을 듣고 풍검의 등에 식은땀이 흘렀다.

세간에선 아직 젊은 남궁후가 치기 어린 야망으로 설친다고 생각하였다.

그런데 은검대원인 진소달은 남궁후는 그저 액면일 뿐, 가주이자 맹주인 남궁일경이 은검대를 직접 움직이고 있다고 말하고 있는 것이다.

"그럼 이번 출행을 가주가 직접 하명했다는 말인가?"

"그렇습니다."

"은검대가 복면을 쓰고 다니는 이유는 뭔가?"

"은검대는 세가의 공식적인 일 이외에는 일체 신분 노출을 하지 않습니다."

풍검은 홀로 천천히 고개를 끄덕였다.

수로에서 복면인들의 공격이 시작되었을 때 풍검이 관찰한 바로는, 은검대가 사용한 무공은 남궁세가의 절기가 아니었다.

그것은 그들이 철저하게 자신들의 신분을 감추고 있다는 얘기다.

"은검대는 언제 만들어졌나?"

"가주께서 세가의 주인이 되시기 전부터 존재했습니다."

"자네가 은검대가 된 것은 언제인가?"

"아홉 살, 10년 전입니다."

"은검대가 주로 하는 일은 뭔가?"

"은검대는 납치, 암살, 구조, 세 가지 임무를 수행합니다."

풍검의 질문에 따라 진소달의 입에서 나오는 말들은 하나같이 놀라운 말들이었다.

납치에 대한 것만 해도 세인들의 입에 오르내린 사건이 여럿이었고, 암살은 모두 미궁에 빠진 사건이거나 자살로 알려진 사건들이었다.

"혹시 명검 어장에 대해서 알고 있는 게 있다면 모두 말해 보게."

"어장검은 은검대장이 직접 회수하여 가주님께 보냈습니다."

진소달의 말에 목탁과 조비비, 추대평과 풍검, 모두의 눈이 동그래졌다.

그의 말대로라면 어장검이 지금 무림맹주 남궁일경의 수중에 있다는 말이 아닌가?

그렇다면 남궁후의 말대로 금검대가 어장검을 찾았단 말인가?

진소달이 입을 열수록 조비비의 의혹은 커져만 갔다.

풍검의 질문에 모두 답한 진소달은 풍검의 인도에 따라 깊은 잠에 빠져들었다.

조비비는 풍검이 진소달을 잠재운 게 아쉽게 느껴졌다.

"어장검에 대해서 좀 더 자세히 물어보고 싶은데……."

"궁금한 게 있다면 저자가 깨어난 뒤에 또 묻도록 하지요."

다른 사람보다 큰 충격을 받은 건 조비비였다.

세인들의 존경을 받고 신망이 두터운 무림맹주가 척살대인 은검대를 운용하는 것과, 정사를 넘나드는 종횡무진의 활동이 도저히 믿기지 않았기 때문이다.

"저는 저 사람이 한 말을 믿기 힘들어요. 무림맹주가 도대체 뭐가 아쉬워서 그런 일을 벌이겠어요?"

조비비의 말에 풍검이 빙그레 웃으며 말을 이었다.

"글쎄요. 무림맹주의 사정은 내가 잘 알 수 없지만, 악과 선은 상대적이고 어쩌면 종이 한 장 차이란 거지요. 또한 거대악은 왕왕 절대 선으로 포장되어 그 실체를 가늠하기 어려운 법이라오."

"아무리 그래도 무림맹은 무림의 정의를 수호하는 곳이잖아요."

"바로 그 점이오. 때로는 정의를 수호하기 위해서 악을 행하기도 하는 것이죠. 쉬운 말로 필요악이라고 부르기도 하죠."

"그럴 순 없어요. 악은 악이고 선은 선이죠. 그건 궤변이에요."

조비비는 풍검의 선과 악은 상대적이라는 논리를 수긍하기 싫었다.

"사람들은 누구나, 어느 시대나 정의로운 세상을 꿈꾸지요. 그렇기 때문에 사람들에게 정의가 살아 있다는 것을 보여주려면, 때로는 없는 악도 만들어서 척결하는 법이라오."

"그, 그럼, 안 되는 거잖아요."

"안 되지만 절대 권력엔 언제나 권모술수가 횡행하고 황궁이든 무림맹이든, 거대한 조직으로 이뤄진 곳은 모두 복마전이라오."

조비비는 복잡한 세상사에서 훌쩍 벗어나 여행이라도 하고 싶은 마음이었는데, 은검대원 진소달의 말을 듣고 나니 생각이 복잡해졌다.

그런데 어쩐 일인지 풍검은 기분 좋은 표정으로 콧노래를 흥얼거리며 중얼거렸다.

"흥흥! 세상이 요동을 치려나, 움츠렸던 개구리가 뛸 때가 된 건가?"

그런 풍검의 표정을 살피며 조비비가 걱정 어린 투로 말했다.

"이제 우린 어찌해야 하죠?"

조비비의 질문에 풍검은 대답 대신 목탁을 향해 질문을 던졌다.

"자네는 이제 어쩔 셈인가?"

"저는 황궁으로 가고 싶은데, 모두들 극구 말리시니 어찌해야 할지 잘 모르겠습니다.

목탁이 지금 가장 우려되는 건, 황궁에 가는 것보다 마룡도에 있는 사숙과 해적들의 안위였다.

"다른 건 제쳐 두고 사숙과 연락이 되면 좋겠는데……."

"그 문제는 나와 같이 서주(徐州)에 가면 해결될 걸세."

풍검의 말에 거리와 위치 개념이 희박한 목탁은 고개를 갸웃했다.

지금 일행이 있는 곳에서 서주까지는 대략 천팔백 리가량 되는 머나먼 길이다.

목탁은 문득 사부의 당부도 생각이 났다.

"사숙이랑 연락도 해야 하지만 황궁에 가게 되면 오는 길에 황각사에도 들러야 하는데……."

목탁의 그 말에 조비비는 가슴이 덜컥했다.

목탁이 사부의 유언을 말하며 보리선원을 세워야 한다고 했을 땐 뜻있는 일이라고 생각했다.

그런데 막상 목탁이 황각사라는 절에 가야 한다고 말하니, 혹시… 승려가 되려고? 라는 생각이 들었기 때문이다.

그러고 보니 이름부터 불가와 인연이 깊어 보이는 목탁 아닌가?

만일 목탁이 승려가 된다면, 그동안 조비비가 가슴 속에 품어왔던 연정은 날 새는 일이 될 것이다.

맙소사! 죽음의 폭포에서 목숨을 구하고 이제 한시름 놓는다 했는데…….

원래 사랑은 고난 속에서 꽃을 피우고 그 빛을 발하는 법!

그동안 죽을 고비를 여러 번 넘긴 건, 하늘이 본업을 접고 새로운 인연을 찾아 사랑을 구하는 자신을 시기하여 액땜을 한다고 여겼다.

그런데 목탁은 느닷없이 절을 찾아가겠다니 이런 불연막심

(不戀寬心)한 일이 어디 있단 말인가.

세상에 이런 하늘이 무너지고 땅이 꺼지는 일이 있을 수 있는가?

그래서 아주 조비비는 조심스럽게 물었다.

"저어, 목 대협. 황각사엔 무슨 일로?"

조비비의 질문에 목탁이 품에서 삼초절검을 꺼냈다.

"사부가 황각사에 찾아가서 이걸 아들에게 전해 달랬거든요."

"아, 그랬군요."

근심을 덜은 조비비의 얼굴이 환하게 밝아졌다.

"저는 목 대협이 승려가 되시려는 줄 알고 깜짝 놀랐지 뭐예요."

그 말에 목탁이 진저리를 치며 고개를 좌우로 세차게 흔들었다.

"아니, 무슨 그런 심한 말을! 중이 되면 술과 고기를 못 먹고, 여자, 아니 그건 취소하고, 어쨌든 나는 꿈에도 머리 깎을 생각은 없습니다.

확실하게 중 되기를 거부하는 목탁의 발언에 조비비는 배시시 웃음이 배어나왔다.

그러자 추대평이 사부의 아들에 대해서 물었다.

"사부의 아들이 황각사 중인가?"

"그건 나도 몰라. 난 이 검만 전해주면 돼."

"그럼, 이렇게 하세."

목탁의 이야기를 들은 풍검이 향후 일정을 정리했다.

"황각사는 회하 이북에 있으니, 여기서 열흘이나 보름 정도면 갈 수 있을 걸세. 일단 황각사로 가서 검을 전하고 서주로 가면 되지 않겠나?"

목탁은 풍검이 정리한 일정에 동의했다.

그러자 풍검이 추대평의 의사를 물었다.

"자네는 어디로 갈 건가?"

"난 죽으나 사나 형과 한 몸입니다."

"루주는 어쩔 셈이오?"

풍검의 질문에 조비비 대신 추대평이 답했다.

"바늘 가는데 실이 따르지 않으면 됩니까?"

"아, 둘이 그렇고 그런……."

풍검은 뜻밖이라는 듯 양손의 검지를 돌리며 의미 있는 미소를 지었다.

조비비는 쑥스러운 듯 몸을 살짝 꼬았고, 목탁은 애써 아닌 척하며 헛기침을 두어 번 하면서 부용루주 난영의 의사를 물었다.

"으흠! 부용루주는 어찌하실지?"

"저도 항주로 돌아가는 건 두렵고, 마땅히 갈 데도 없으니 죽으나 사나 언니와 한 몸이에요."

"결국 모두 한 몸이 되어 움직여야 할 것 같구먼. 그리고 보니 우리는 벌써 밧줄로 한 몸으로 묶였던 사이로구먼."

풍검의 말에 추대평과 조비비도 유쾌하게 웃었다.

"하하하! 그러네. 우린 진작 한 몸이었어."

"호호! 다 같이 죽음을 헤쳐 나온 몸이니까 이제 우리 앞엔 좋은 일만 있을 거예요."

"자, 황각사에 들러 검을 전하고, 서주에서 도참 아우의 소식을 확인한 다음엔 뭘 할 텐가?"

풍검의 말에 그 이상의 계획이 없는 목탁은 또 막막한 기분이 들었다.

"선택은 언제나 간단한 걸세. 지금까지의 인연을 이을 것인가, 아니면 새로운 인연을 만들 것인가?"

"전 새로운 삶을 살고 싶어요."

조비비는 새로운 인연을 선택했다.

"저도 새로운 인연을……."

"저도……."

목탁과 추대평, 난영도 새로운 인연을 선택했다.

"풍 대협은 어쩌실 건가요?"

풍검은 잠시 생각에 잠기는 표정이었다가 입을 열었다.

"어, 그게, 그러니까……. 나는 어쩌면 오래전부터 꿈꿔온

일을 해야 할 것 같은 예감이 드는구먼."

*   *   *

황각사로 길을 잡고 떠나는 여정의 출발은 한가로웠다.

풍검은 진소달을 깨워 그의 양손을 뒤로 포박하고 자신의 옆에서 걷도록 했다.

그런데 한참을 걸어도 민가가 보이지 않았다.

어림짐작으로 족히 한 시진은 걸었을 터였다.

풍검은 걸어가다 길가의 풀잎을 뽑아 풀피리를 불며 걸었다.

삘리리~

소리는 날카로웠으나 곡조는 은은해서 나름 운치가 느껴졌다.

풀피리 연주가 끝나자 풍검이 자신의 연주에 대한 설명을 하였다.

"내가 풀피리로 연주한 건 태평가일세. 세상이 평안하길 바라는 마음에서 불어봤네."

"느낌이 참 좋았습니다."

목탁이 자신의 느낌을 말하자 풍검이 목탁의 눈을 똑바로 보고 말했다.

"난 자네를 한눈에 딱 보고 알아봤네."

"예? 뭐를……?"

"천하를 구할 인재는 절대로 아니라는 걸."

"아, 예, 그건 저도 그렇게 생각합니다."

"난 처음에 도참 아우의 서찰을 보고 반신반의했네."

풍검의 말에 목탁이 무슨 말인지 몰라 눈을 껌벅거리자 그가 설명을 했다.

"도참이 서찰에 쓰기를 자기 사형 광비신수 진도삼의 제자가 세상에 나아가는데 대업을 이룰 수 있도록 도와달라고 썼더군."

"제가 광비신수의 제자는 말에 맞지만, 대업 같은 건 관심 없습니다. 그게 뭘 어떻게 하는 건지도 모르고요."

"아, 난 그저 광비신수의 제자라면 당연히 사부의 꿈을 계승할 줄 알았지."

목탁이 기억하기로 사부는 자신의 꿈에 대해서 이야기한 적이 없다.

보리선원을 세우라는 말은 남겼지만 그건 사부의 꿈이라기보다 당부였다.

사부의 당부라 해도 반드시 보리선원을 세우겠다는 결심을 하거나 결의를 다진 적도 없다.

운이 닿아서 하게 되면 하는 거고 아니면 마는 거다.

목탁은 도참이 자신을 위해 전서구를 날려서 풍검에게 자신의 안위를 돌봐달라고 부탁했다는 말에 새삼 그가 그리워졌다.

"풍 대협은 도참 사숙과는 어떻게 아는 사이이신지……?"

목탁의 질문에 풍검은 대답대신 자신의 말을 늘어놓았다.

"도참은 자네가 천하의 기재임이 분명하나 천하 이치를 모르니 그 점을 일깨워 달라고 했네. 자네는 자네가 기재라고 생각하나?"

기재라는 말에 목탁은 고개를 세차게 가로저었다.

"아니요. 저는 그저 운 좋게 사부를 만나서 절해고도에서 구사일생했을 뿐입니다."

"그러니까 기재는 아니지만 운 좋은 놈이란 말이군."

"예, 맞습니다. 죽을 곳에서 살아왔으니까요."

"그러네. 폭포에서도 살아났고. 난 운 좋은 놈이 제일 부러워. 세상 이치가 모진 놈 옆에 있으면 벼락 맞는 거고, 운 좋은 놈 옆에 있으면 절간에서도 고깃국을 먹는 법이거든."

第九章
노인의 죽음

해가 서산마루를 넘고 땅거미가 질 무렵까지 족히 두 시진 이상을 걸었다.

폭포엔 물이 넘쳤는데 들판은 가물어 흙먼지만 날렸고 황량했다.

"목탁, 자네는 도참의 후계자가 될 생각이 있나?"

풍검의 말에 목탁은 즉각 고개를 가로저었다.

"해적이 싫은 건가, 아니면 도참이 맘에 안 드는 건가?"

"제가 한때 해적질을 하긴 했지만 다시는 해적 노릇할 생각 없습니다."

"도참의 후계자가 되는 건 해적이 되라는 뜻이 아닐세. 도참이 바라는 건 새로운 세상의 주인이 되는 걸세."

"관심 없습니다. 전 그저……."

"그저 뭔가?"

"그게, 솔직히 뭘 해야 좋을지 잘 모르겠습니다."

그것은 솔직한 말이었다. 지금까지 살아오면서 무엇이 되겠다고 맘먹은 건, 5년 전이 처음이자 마지막이었다.

청도 제일의 부자 곽진걸이 자신이 이룬 부의 십분의 일을 이룬다면 자신의 딸을 허락하겠다고 했을 때, 무작정 돈을 벌기로 작심했던 게 인생의 유일한 결심이었다.

풍검은 목탁과 눈을 마주치며 말을 이었다.

"자네가 솔직한 건 좋은데, 그게 세상에선 별로 써먹을 데가 없어. 솔직하다고 해서 누가 돈을 주는 것도 아니고, 무공이 높아지는 것도 아니고, 그건 그냥 기본이지. 물론 기본도 안 되는 작자들이 많기도 하지만, 대장부라면 뭔가 일생을 걸만한 그럴듯한 꿈이 있어야지."

"예, 그게 그렇긴 한데……. 풍 대협의 꿈은 뭔가요?"

"어, 그게, 사실은 나도 한때는 도참 아우처럼 새로운 세상을 만들고 싶었지. 그런데 그건 하늘이 허락해야 되는 일이지, 내가 만들고 싶다고 해서 만들 수 있는 게 아니라는 걸 나이 들어 깨달았네."

풍검이 뒷머리를 긁적거리며 젊은 날의 꿈을 읊조렸다.

"혈기왕성했던 시절에 나는 천하를 마음에 품었었지. 그 시절 전장에서 자네 사부 광비신수 진도삼과 도참 아우를 만났었지. 우린 모두 새로운 세상을 꿈꿨네. 뭐든지 우리 맘대로 되는 신나는 세상을 꿈꿨었지. 천하를 한 번 가져 보고 싶었다는 말일세."

풍검은 회한 어린 어조로 말하며 빈손으로 허공을 거머쥐었다.

"하지만 내가 천하를 품어도 천하가 나를 반기지 않으니 어쩌겠나? 천하는 주원장의 손으로 들어가고 말았지. 그때 난 깨달았네. 정의로운 자가 천하를 얻는 게 아니라 자신이 정의라고 주장하는 자들이 천하를 갖게 된다는 걸 알았지. 난 세상을 내 손에 가질 수 없어서, 내 발로 밟아 보려고 천하를 떠도는 걸세."

목탁은 풍검의 눈에서 회한의 빛을 느꼈다.

그러나 목탁은 풍검이 말하는 정의와 천하는 전혀 관심이 없었다.

목탁은 자신의 꿈이 뭔지 생각을 더듬어 보았다.

절해고도에서 나올 때 목탁의 꿈은 무엇보다 곽청을 한 번 만나는 것이었다.

만나서 뭘 어쩌겠다는 것도 아니고 그냥 만나 보고 싶은

게 전부였다.

곽진걸이 말한 3년의 기간에서 2년이란 세월이 더 지났고, 막대한 재산을 모으긴커녕 빈털터리나 마찬가지니 그녀를 만나 봐야 꽝이다.

그래도 그녀를 보고 싶은 건, 보고 싶은 거다.

곽청, 그녀는 지금 어떻게 변했을까?

수많은 사람들 앞에서 그녀가 자신의 앞에 서서 좋아한다고 말했을 때, 목탁은 심장이 터지는 줄 알았다.

그녀가 자신을 왜 좋아했는지는 잘 몰라도, 그녀가 자신을 선택했다는 건, 도저히 꿈도 꿀 수 없었던 엄청난 일이 아닌가?

그러나 그런 속마음마저도 조비비가 옆에 있어서 발설하기가 조심스러웠다.

그랬다. 건달 이삼사부터 지금 목탁이 되기까지 자신은 무색, 무미, 무취의 색깔 없는 인간의 전형이었다.

그 무렵 자신에게 있는 거라곤 성질과 꼬장, 주머니를 채울 수 있는 노름 실력과 밤새워 술을 마셔도 끄떡없는 튼실한 몸이 전부였다.

그래도 건달로서는 나름 능력 있는 충실한 상품의 건달이었다.

그런데 지금은 무엇을 해야 할지 도무지 모르겠다.

일단은 사부와의 인연으로 이렇게 세상에 나왔으니, 황각사를 찾아가서 사부의 아들을 만나 삼초절검을 전하면 임무의 절반이 끝난다. 그다음 사부의 당부인 인자무적과 보리선원은 어찌할지 전혀 감이 잡히지 않는다.

말을 꺼내긴 했지만 살면서 적성에 맞으면 하는 거고 아니면 마는 거다.

사실 뭔가를 간절히 이루고자 할 때, 조바심도 나고 근심 걱정을 하는 법이다.

목탁은 스스로 뭔가를 이루고자 하는 것이 없으니 딱히 걱정거리가 없었다.

밀무역선을 탈 때만해도 하루빨리 돈을 벌고 싶어서 얼마나 노심초사하고 전전긍긍했던가?

그러나 세월이 흐른 지금은 곽청과의 인연이 더 이상 이어질 수 없다는 생각 때문인지 세상일에 아등바등 매달릴 일이 없었다.

어찌 보면 목표 없는 삶이 근심 걱정 없는 태평한 삶이기도 한 것이다.

그런 나태함이 사람을 무력하게 만들기도 하지만, 목탁은 절해고도에서 나온 이후, 정신없이 강호의 일에 휘말려 무료할 틈이 없었다.

그때, 풍검이 불쑥 목탁에게 뜬금없는 질문을 던졌다.

"만약에 자네에게 천금이 있다면 무엇을 하겠나?"

"글쎄요. 풍광 좋은 곳에 객잔을 차리고 지내면 좋겠네요."

"그런 객잔을 백 개, 아니 천 개쯤 차릴 수 있는 돈이 있다면 어쩌겠나?"

풍검의 말은 부드러웠으나 표정과 어투는 진지했다.

"어, 그런 큰돈이 있으면 사부의 말대로 보리선원을……."

"힘을 가지면 보리선원은 하루아침에 천 개라도 세울 수 있네."

순간 풍검의 눈이 형형한 빛을 발하며 목탁을 쏘아보았다.

번쩍! 목탁은 하늘에서 지상으로 벼락이 내리꽂히는 느낌이 들었다.

그런데 목탁은 어쩐지 그 눈빛이 꺼림직했다.

풍검의 눈빛은 뭔가 불안과 공포, 절망과 희망이 교차하는 야릇한 눈빛이었다.

그 눈은 야수의 눈이기도 하고 뱀의 눈이었으며, 마구니와 부처의 눈이기도 했다.

목탁으로선 뭐라고 말로 설명키는 어려우나, 인상 깊은 눈빛이었다.

풍검은 고개를 들고 하늘을 보며, 뭔가 아쉬운 듯 말했다.

"자네의 재주가 분명히 쓰임새는 있을 텐데."

풍검의 말에 목탁은 쑥스러운 기분이 들었다.

"뭐 재주랄 게 있나요. 피하는 것뿐인데."

"내 말이 그 말이야. 그 재주를 어디에 어떻게 써야 할지 답이 보이지 않는구먼."

"뭐 살다 보면 어디든 쓸 구석이 있겠지요."

목탁의 말에 풍검은 두어 번 고개를 끄덕이고, 손으로 목탁의 어깨를 두드렸다.

"무릇 대장부는 세상에 이름을 남겨야 하는 법일세."

풍검의 말에 목탁은 포경선 선장의 말이 떠올랐다.

그때 선장도 호랑이는 가죽을 남기고 사람은 이름을 남기는 법이라고 했었다.

풍검은 진소달과 나란히 걸으며 그의 이력을 조곤조곤 캐물었다.

"그러니까 자네도 새로운 인생을 살고 싶다 이건가?"

"예, 은검대원으로서 무림맹주의 비밀 결사대라는 자부심은 있지만, 무공 수련 외에는 재미있는 일이 없거든요."

"흠, 그럼 무슨 일을 해보고 싶나?"

"아저씨처럼 표국의 표사가 되는 것도 재미있을 것 같아요."

그는 어느덧 풍검을 아저씨라 부르며 따랐다.

"뭐, 표사도 나쁘진 않지만 이왕이면 좀 더 근사한 일을 해봐야지."

"그동안 은검대 생활 외에는 해본 적이 없어서, 혼자서 세상 살이하는 건 생각해 본 적도 없어요."

"어쨌든 무공을 배웠으니 자네 재주를 귀하게 쓸 날이 올 걸세. 차차 좋은 일을 찾아보자고."

*　　　　　*　　　　　*

계절은 한여름이고 장마철인데 비가 안 오는 걸 보면 마른 장마인가 보다.

여자들의 걸음이 눈에 띄게 느려졌지만 걸음을 재촉할 수도 없어서 천천히 걸었다.

무료한 추대평이 하나마나한 소리를 늘어놓았다.

"어디 마을에서 마차나 한 대 빌리면 좋겠는데……. 좌우간 객잔이 나오면 요기부터 합시다. 황산 구경도 식후경이랬는데, 이건 뭐 구경할 것도 하나 없네."

"아, 저기 연기가 피어오르고 있어요. 마을이 있나 봐요."

연기가 피어오르는 곳으로 가는 동안 길가의 논밭이 쩍쩍 말라서 거북이 등처럼 골이 패인 게 보기에도 안쓰러웠다.

그런데 삼십여 호의 마을에 어쩐 일인지 사람 소리는커녕 개 짖는 소리도 들리지 않았다.

연기가 나는 집은 마을 초입의 곧 쓰러질 것 같은 움막집이었다.

움막집 마당에서 살은 하나도 없이 뼈만 남은 노인이 옷가지를 태우고 있었다.

사람들이 가까이 다가가도 노인은 무심히 불쏘시개 나무로 덜 탄 옷가지만 뒤집었다.

"어르신! 사람들은 모두 어디 있습니까?"

노인은 퀭한 눈으로 목탁 일행을 물끄러미 보는데 아무 표정이 없었다.

초점 없는 눈과 그 표정은 정신이 반쯤 나간 실성한 사람의 그것이었다.

살아 있는 생명체이나 생기가 전혀 느껴지지 않았다.

목탁은 흡사 무덤에서 일어난 강시를 보는 느낌이 들었다.

조비비가 궁금증을 누르고 노인에게 다시 물었다.

"어르신, 왜 혼자 계신 거예요?"

"후우~ 전부 다 떠났어."

노인은 말하는 것도 힘든지 힘없이 한숨부터 토해 내고 맥없이 말했다.

밑도 끝도 없이 다 떠났다는 말에 난영이 질문을 겹으로 퍼부었다.

"떠나다니요? 어디로 갔는데요? 왜 떠난 거예요?"

노인은 난영의 질문에 곧바로 대답하지 못하고 몇 번이나

숨을 조절하였다.

"하아! 오면서 못 봤나? 논밭이 다 망가졌잖아."

오는 길에 보기는 했지만 이렇게까지 심한 줄은 몰랐다.

노인은 숨이 찬 건지 가슴이 답답해서인지 말 시작 전에 꼭
한숨부터 쉬었다.

"후우~ 이 마을엔 아무도 없어."

"노인장께선 왜 혼자 남으셨어요?"

"후~ 3년째 가뭄이라 농사도 못 짓고 먹을 게 없어서 다들
타지로 가버렸어."

"뭘 태우고 계신 거예요?"

난영은 노인이 옷가지를 태우는 이유가 궁금해서 물었다.

"하아. 장작을 태워서 날 화장하고 싶은데 장작도 없어. 그
래서 옷가지부터 태워서 집에다 불을 놓으려고 그래. 그럼 화
장할 수 있겠지. 하찮은 목숨이라도 마무리를 잘해야지. 그냥
죽어서 썩으면 전염병이 돌 수도 있거든. 후우~ 세상에 피해
는 주지 말고 가야지."

듣기만 해도 끔찍한 얘기였다.

자신을 화장하려고 불을 지피는데 화장할 장작조차 없어
서 걱정이란 얘기다.

슬픔조차 말라 버린 노인의 모습에 모두들 가슴이 아프고
코끝이 시큰거렸다.

노인의 말에 숙연한 분위기가 되어 한동안 아무도 입을 열지 못했다.

노인은 처연한 눈으로 하늘을 올려다보며 한숨을 내쉬었다.

"에휴! 이렇게 가면 될 걸, 괜히 버티느라고 애만 썼네."

목탁은 노인의 기막힌 이야기에 자신도 모르게 눈물을 줄줄 흘렸다.

"허엉! 크헝헝!"

급기야 목탁은 소리 내어 울면서 통곡을 하였다.

"허엉! 어르신, 우리와 같이 다른 곳으로 가시죠. 기운 내세요. 저희가 이웃마을까지 모셔다 드릴게요."

"난 못 가. 처자식이랑 손자들까지 여기서 다 굶어 죽고 병들어 죽었는데 나 혼자 무슨 호강을 하겠다고 가겠어? 난 여기서 죽을 거야. 후우~ 자네들에게 부탁이 있는데, 나 좀 화장시켜 주고 떠나면 안 되겠나?"

참으로 난감한 일이었다.

산 사람을 생으로 화장할 수도 없거니와 죽여서 화장할 수도 없는 노릇이다.

그렇다고 먹을 것도 없는 마을에서 노인이 죽을 때까지 기다릴 수도 없다.

모른 척하고 떠나자니 차마 발걸음이 떨어지지 않는다.

"대평아, 긴 막대를 찾아봐. 들것을 만들어서 어르신을 모시고 가자."

목탁의 말에 추대평이 집 안팎을 돌아다니며 들것을 만들 나무를 구하러 다녔다.

그러는 동안 쪼그려 앉아 있던 노인이 허리를 펴고 일어나 느릿하게 걸었다.

노인은 초가의 툇마루에 걸터앉아서 크게 한숨을 쉬고 말했다.

"하아아! 그래도 내가 복이 있어 자네들을 만난 모양이야. 그럼 잘 부탁하네."

그 말에 모두들 뭔가 불길한 예감이 들었다.

한순간, 노인이 마루 기둥에 온 힘을 다해 자신의 머리를 박았다.

쿵쿵쿵!

기둥에 머리를 박은 노인은 그대로 쓰러져 이마에서 피를 흘렸다.

창졸간에 일어난 일이라 누구도 미처 손을 쓸 틈이 없었다.

"어르신! 정신 차리세요!"

사람들이 달려와 쓰러진 흔들어도 노인은 아무 반응이 없었다.

옷가지를 태우던 깡마른 노인은 자신의 생을 그렇게 마감시켰다.

눈앞에서 벌어진 기가 막힌 상황에 목탁 일행은 한동안 아무 말도 할 수 없었다.

모두 소리 없이 뺨을 타고 흘러내리는 눈물을 손등으로 훔칠 뿐이었다.

노인의 마지막 부탁대로 마른 나무를 끌어모아 마당에 쌓아놓고 불을 붙였다.

타다닥 타닥!

사위가 고요한 가운데 나무 타는 소리만이 정적을 깨뜨렸다.

소쩍! 소쩍!

이따금 들리는 소쩍새 소리는 사람들의 마음을 더욱 울적하게 만들었다.

어둠이 대지를 덮은 가운데 화장하는 불꽃이 초가 마당을 환하게 밝히고 있었다.

스스로 생을 마감한 노인의 시신을 화장하면서 목탁은 깊은 상념에 사로잡혔다.

지금까지 살아오면서 세상이 어찌 돌아가는지 신경 쓰지 않고 살아왔다.

그저 주어진 조건에서 악착같이, 때로는 처절하게, 때로는 고군분투하며 건달로서 건달답게 살아 온 것이, 자랑스럽지는 않으나 별로 후회되는 것도 없었다.

좀 더 호사를 누리지 못한 것과 사내라면 뭔가 큼직한 일을 해야 하는데 그렇지 못한 점이 좀 아쉽기는 하지만 딱히 가슴에 한이 맺히거나 그런 건 없었다.

하지만 다른 건 몰라도 저 노인처럼 저렇게 죽고 싶지는 않았다. 절대로!

'세상 참 불공평하구나. 항주엔 밤새도록 홍등이 켜져 있는데 한쪽에선 이렇게 죽어가는 사람들이 있다니……'

"사람이 누구나 한 번은 죽는다지만 이건 너무하네요."

목탁이 그저 혼잣말처럼 중얼거렸다.

그러자 풍검도 혼잣말처럼 중얼거렸다.

"어차피 인간이 세상에 태어난 게 너무한 일이지."

"나라에선 왜 백성들이 굶어 죽도록 내버려 두는 거죠?"

목탁이 나라를 원망하자 풍검이 코웃음 쳤다.

"크훗! 원래 가난은 나라도 구제 못 하는 법이란 말이 있잖아."

"나라는 책임이 없다는 말이네. 그럼 나라는 왜 있는 거죠?"

목탁은 나라의 무책임함에 분노했다.

풍검은 손가락으로 코를 후비며 시큰둥하게 말했다.

"그야, 백성들 고혈을 짜느라고 있는 거지."

"그런 나라가 백성들에게 필요 있는 건가요?"

"백성에게 나라가 필요한 게 아니라 나라에 백성이 필요한 거지. 전쟁 나면 누가 전쟁터에 가서 피 흘리고 죽나? 말할 것도 없이 백성이지. 물가가 오르면 어떡하나? 당연히 백성들 세금 올려서 자기들 배 채우지."

"백성은 소모품이란 말이네요."

"당연한 말을 자넨 새로운 사실처럼 말하는군."

풍검의 말에 목탁은 어쩐지 기운이 쭉 빠지는 기분이 들었다.

건달 시절에 관아 앞을 지날 때면 주눅 들기도 했지만, 관아는 나름대로 세상의 중심을 잡아주는 중요한 곳이라는 믿음이 있었기에 약간의 존경심도 품고 있었다.

그런데 관아에서 백성을 외면하면 어쩌란 말인가?

"백성들은 언제나 이런 건가요?"

"당연하지. 열심히 농사짓고 부지런히 물건 만들고 장사해 번 돈을 나라를 위해서 멸사봉공한다는 놈들한테 바치고 뜯기고 고생하다 가는 게 백성들 할 일이지."

"진짜, 세상이 원래 그런 건가요?"

목탁은 나라와 세상이 괴물처럼 느껴졌다.

"세상은 안 그래. 인간이 그런 거지. 권력을 잡은 놈이 하는 말 중에 이런 말이 있지. 나라가 너희를 위해 뭘 줄지 기대하지 말고, 너희가 나라를 위해 뭘 할지를 고민해라! 다시 말해 나라엔 아무것도 기대하지 말고 열심히 바칠 궁리나 하란 얘기지."

풍검의 말을 들을수록 목탁은 은근히 부아가 치밀었다.

"그래도 백성들이 굶어 죽고 고향을 등지고 하면 뭔가 대책이 있어야죠."

"나라가 놀고먹기만 하겠나? 구휼미도 풀고 나름 애쓰겠지. 아닌 말로 나라가 가뭄 들게 한 것도 아니고 비를 못 내리게 하는 것도 아니잖나. 나라는 그저 기우제만 지내면 돼."

"아, 씨! 그래도 뭔가 더 좋은 대책이 있어야죠."

"대책은 무슨? 원래 나라는 소 잃고 외양간 고치는 거야. 그나마 제대로 고치지 않아서 그게 문제지. 사후 약방문이란 말이 괜히 있는 줄 아나? 조정은 그냥 뒷북치는 곳이라고."

"그게 무슨 나라예요? 미리 대책을 세우고 사전 예방을 해야죠."

"어이구! 예방씩이나? 나라는 그저 사고 안 치면 고마운 거야. 4대 운하 사업이다, 국토 개발이다, 신도시 개발한다, 자원 확보한다 하면서 지랄만 안 하면 고맙지.

"백성이 굶어 죽는데 걱정이 안 될까요?"

"아, 걱정하지 왜 안 하겠어. 진짜로 걱정하는지 걱정하는 척하는지는 잘 모르지만, 문제는 나라가 백성 걱정하는 것보

다 백성이 나라를 더 걱정하니 그게 더 걱정이지. 자네, 작년
에 장강에서 화물여객선이 뒤집혀서 300여 명이 수장된 사건
알지?"

"아, 예, 어린 유생들이 강호를 유람하다가 꽃도 못 피우고
안타깝게 많이 죽었죠."

"선장이랑 선원들이 제 목숨은 살리고 승객은 죽게 내버려
두면 되겠어, 안 되겠어?"

"안 되죠."

"그때 나라에서 한 일이 뭔가? 황제가 뭐했냐고?"

"어… 그 사고는 민간 여객선이니까 나라는 책임이 없는 거
아닌가요?"

"이런, 멀쩡한 화물여객선이 왜 뒤집어지나? 조종 미숙이거
나 배가 고물이라거나 뭐든 이유가 있을 거 아냐?"

"아, 그거는 화물 과적이 원인이었던 걸로 아는데, 배도 낡
았고."

"과적을 했으면 시킨 놈이 있을 거고 그 과적을 눈감아 준
놈이 있을 게 아닌가?"

"어, 그러네요."

"과적시킨 놈을 벌주고 과적을 실행한 놈도 벌주고 낡은 배
의 운항을 허가해 준 놈도 벌주고 눈감아 준 놈을 처벌하는
게 나라가 할 일이 아니면 누가 할 일인가? 그 나라의 최고 책

임자가 누구야? 황제잖아, 황제! 관리를 임명하고 다스리는 게 누구야? 자기 아이가 이웃집 아이 때리고 사고 치면 누가 사과하나? 잘못 가르친 부모가 사과하는 게 옳지, 자기 책임 아니라며 발뺌하면 되겠어, 안 되겠어? 물론 사과하고 처벌한다고 억울하게 죽은 사람이 살아나진 않겠지만 유가족 가슴에 맺힌 한은 좀 풀리겠지. 그래, 안 그래?"

"예, 그렇죠."

"그런데 과적을 시킨 놈이나 눈감아 준 놈이나 다 줄줄이 콩엿으로 한통속이라서 대충 조사하고 대충 넘어가면 되겠어? 안 되겠어?"

"그, 그럼 안 되죠."

"관부의 관리가 백성의 고혈을 짜내다 과로로 죽으면 순직이다 뭐다 해서 위로금도 주고 보상금도 주잖아. 젊은 유생들이 죽었는데 나라에서 위로하고 보상금을 줘야 해, 말아야 해?"

"주면 좋지만… 관리는 아니니까."

"그러니까 백성들은 관리를 위해 고혈을 짜서 보상을 해도 백성들은 아가리 닥치고, 억울하면 관리해라 이건가?"

"아니, 그런 건 아니지만……."

"보상금 몇 푼 나온다니까 그걸 자식 팔아서 호강한다고 말하는 놈들이 있는데, 제 자식이 죽어도 그따위 소릴 할까?

그런 놈들이 미친놈이야, 아니야?"

"음~ 정상은 좀 아닌 걸로……."

"사고 원인 규명하자니까 배 인양 비용이 많이 드니까 그냥 넘어가자는 놈도 있어요. 제 부모나 마누라나 자식이 탔으면 그런 말을 뱉을까?"

"그렇지만 돈만 많이 들고 배 건져서 별 이익 될 게 없으면……."

"이런 염병! 그게 젤 나쁜 거야! 나라가 이익만 따지면 백성들이 뭘 보고 따르겠나? 백성들도 서로 자기에게 이익이 되는 일만 하려고 들게 아닌가?"

"그거야 당연히……."

"뭐가 당연이야! 나라는 손익을 따지기 전에 옳은 일을 해야 하는 거야! 세상에 누가 자기 이익만 탐하는 사람을 좋아하겠나? 나라도 마찬가지야! 그래서 국익이 우선이라고 말하는 놈들은 다 덜떨어진 놈인 게야. 나라의 녹을 먹는 놈들이 모두 이익에 눈이 어두우니 도덕이 바로 서겠나, 정의가 바로 서겠나? 양심이 우선이지 어떻게 이익이 우선인가? 세상에 손해 보고 싶은 사람이 어디 있겠나? 그래도 거룩한 희생에는 보상을 해야지. 안 그런가?"

"배 사고로 죽은 걸 거룩한 희생이라고까지는……."

"어허! 이런, 안전보다 이익만 따지는 무책임한 선주와 허가

해 준 행정을 믿고, 무책임한 선장과 선원을 믿고, 폐선해야 마땅한 배에 목숨 걸고 탔으면 거룩한 희생이지. 사고는 언제라도 날 수 있었어! 다시 말해 그들이 우리를 대신해 죽었단 말이야! 안 그런가?"

"그게, 듣고 보니 그러네요."

"풍 대협 말씀을 듣고 보니 참, 개떡 같네요."

"아니, 개똥이지. 떡은 먹을 수 있잖아."

"그런 개똥같은 나라가 왜 필요한지 모르겠네요?"

"가끔은, 개똥도 약에 쓰려면 귀할 때가 있기도 해."

"아, 씨~ 진짜 뻥이네."

"그렇지. 엄청 뻥이지. 바로 그 뻥이라고 느끼는 그 시점이 새로운 출발점이야."

"출발점이요?"

"그래, 이 꼴 저 꼴 다 보기 싫으면, 새 꼴을 만들면 된다이 말일세."

그 말을 하는 순간, 또 풍검의 눈빛이 반짝, 아니 번득였다.

"세상은 언제나 가진 자와 못 가진 자의 싸움이라네. 자네가 가진 게 없다면, 가진 자들의 것을 자네 몫으로 가져오면 되는 걸세."

"도둑질을 하라는 말씀인가요?"

"천하를 훔치는 건 도둑질이 아니라, 새 역사를 만든다고 하는 걸세."

풍검이 새 역사를 말해도 목탁의 머리로는 감당할 수 없는 말이었다.

"전 그런 어려운 말은 몰라요."

"자넨 몰라도 상관없네. 천하는 똑똑한 사람이 갖는 게 아니라, 힘 있는 자가 갖는 거니까."

목탁은 여전히 풍검의 말이 요령부득이었다.

"자네 사부께서 세상에 나가면 구제하라고 하지 않았나? 천하를 내 맘대로 할 수 있다면, 구제도 얼마든지 할 수 있는 법일세."

풍검의 말에 목탁은 사부가 했던 말들이 새록새록 머리에 떠올랐다.

사부는 손해 보는 장사를 하라고 했다.

밑지는 게 남는 거라는 말도 했었다.

이제야 사부가 왜 그런 말을 했는지 어렴풋이 이해되기 시작했다.

건달로 살아오면서 세상은 원래 그런 건 줄 알았다.

그런 세상에서 광내고 으스대며 살고 싶었다.

'사부는 불공평한 세상을 공평하게 만들고 싶어 했구나.'

왜 보리선원을 세워 구제하고 인재들을 키우라고 했는지 비로소 알 것 같은 느낌이 들었다.

목탁은 아무도 모르게 주먹을 말아 쥐고 마음속으로 다짐을 했다.

'사부, 나 그거 할게. 보리선원!'

이름도 모르는 노인을 화장하며 목탁은 마음속으로 염불을 외우고 마음속의 목탁을 두드렸다.

다음 날 아침, 목탁 일행은 화장한 노인의 유골을 수습하여 조촐한 장례를 치렀다.

노인의 장례를 치르는 동안 목탁은 또 눈물을 흘렸다.

그 모습을 보고 추대평이 놀랍다는 듯이 말했다.

"야아~ 난 삼사 형이 이렇게 눈물이 많은 줄 몰랐네."

"너만 모른 게 아냐. 나도 내가 이렇게 눈물이 많은 줄 몰랐다."

목탁이 손등으로 눈물을 훔치며 계면쩍은 표정을 지었다.

그런 목탁의 모습을 보고 풍검은 고개를 갸웃거렸다.

가장 나이 어린 진소달도 목탁의 눈물에 전염되어 훌쩍거렸다.

조비비는 목탁의 그런 인간적인 면이 보기에 좋았다.

"눈물이 많은 건 좋은 거예요. 다른 사람의 아픔을 위로하고 동정하는 거잖아요."

"남자는 원래 태어날 때, 부모가 돌아가셨을 때, 나라가 망했을 때, 이렇게 세 번만 울어야 하는 겁니다."

추대평은 이유가 어쨌든 목탁이 우는 모습은 좀 아니라고 생각했다.

"그건 나도 아는데, 나도 모르게 그냥 눈물이 나오네. 이거 참."

마을을 떠나면서도 목탁은 몇 번이나 뒤돌아보면서 눈물을 글썽거렸다.

추대평은 목탁의 눈물이 신기하기도 하고, 어색하기도 했다.

어쩐지 목탁이 예전의 건달 이삼사와는 전혀 다른 사람이 된 것처럼 느껴졌다.

무엇보다 신기막측한 목탁의 무공 실력에 눈알이 튀어나올 지경이었다.

건달 이삼사를 잘 아는 입장에서 보면 이건 기절초풍 정도가 아니고 아주 돌아가실 일이다.

건달 시절에도 주먹질이야 좀 하는 편이었지만 무공이랑은 거리가 멀었었다.

언젠가 노름판에서 무림인이랑 시비가 붙어서 멱살잡이하다가 죽사발 나게 얻어터지고 이를 갈았을 때도 무공을 배울 생각 같은 건 하지 않았다.

"이 나이에 언제 무공을 배워서 복수하냐? 복수하려면 차라리 노름으로 돈 만들어서 청부업자한테 복수를 부탁하는 게 빠르지. 안 그래?"

원한도 노름을 통한 타짜식 방법으로 해결하려고 했던 이삼사였다.

절해고도에서 노인을 만나 무공을 배운 거라지만 그래 봤자 고작 3년이다.

강호의 이름난 문파에서는 어릴 때부터 고수를 스승으로 모시고 벌모세수하고 온갖 좋은 영약을 먹여 몸을 보하고 내공을 키워 비전무공을 전수한다.

그런 기초 공사도 없이 목탁이 어떻게 3년 만에 하늘을 날고 물 위를 달릴 수 있는 고수가 된 건지 도무지 이해가 안 됐다.

모두들 어제부터 아무것도 먹은 것 없이 아침부터 걸었다.

점심나절까지 걸어도 황량한 들판의 연속이었다.

모두들 모두 배가 등가죽에 붙었지만 참는 수밖에 없었다.

허기지고 지친 몸이라 걷는 것도 전혀 속도가 나지 않았다.

구름 한 점 없이 맑은 하늘엔 새 한 마리 날지 않고 이글거리는 태양뿐이었다.

태양의 열기에 땀은 비 오듯 흘러내리고 이따금 불어오는 바람은 흙먼지를 날렸다.

땀과 먼지로 범벅이 된 목탁 일행은 누가 봐도 거지꼴이었
다.

추대평은 허기보다 갈증이 더 괴로운지 수박 타령을 했다.

"아, 시원한 수박 한 통 먹으면 원이 없겠다."

"저기 그늘에서 좀 쉬면서 수박 먹는 꿈이라도 꾸고 가
죠."

조비비의 제안에 나무 그늘로 들어가 자리를 잡고 누웠다.

第十章
사부가 웃은 이유

그늘에 누워 오수를 청할 때, 추대평이 불쑥 무공 이야기를
꺼냈다.

"형! 나도 형이 배운 무공 좀 배울 수 있을까?"

"하하! 나이 들어서 무공은 왜 배우려고?"

"아까 공격당할 때 내가 할 수 있는 건, 겁먹고 숨는 것뿐
이더라고."

"하긴 피하는 기술만 제대로 익혀두면 죽음을 면할 수 있
지."

"그럼, 나한테 무공 가르쳐 줄 거야?"

"뭐, 그러자. 내가 원한다면 얼마든지 가르쳐 줄게."

목탁이 신기막측한 무공을 선선히 가르쳐 준다니까 추대평은 오히려 의심이 갔다.

"형! 진짜 가르쳐 줄 거야?"

"응! 가르쳐 줄게. 그 대신 조건이 하나 있어."

"조건?! 뭔데? 혹시 수업료 계산하라는 건 아니겠지?"

"돈은 필요 없고, 일단 배움에 들어가면 내가 끝이라고 할 때까지는 절대로 끝이 아닌 거야. 그것만 명심하면 문제없어."

"알았어. 포기하지 말고 끝까지 가란 말이지? 걱정 마, 형! 형도 알다시피 내가 이래 봬도 끈기는 제법 있는 편이잖아."

"또 하나, 배울 때 성질이 좀 나도 꾹 참아야 해."

"알았어. 참을 인 자 가슴에 새기고 배울게."

추대평은 되도록 빨리 무공을 배워서 목탁 같은 고수가 되고 싶었다.

추대평은 자신이 물 위를 차고 달리며, 허공을 붕붕 나는 모습을 상상만 해도 기분이 좋았다.

"형, 언제부터 가르쳐 줄 거야?"

"지금부터 시작하지. 뭐, 일단 검 대신 쓸 나무 막대를 하나 챙겨 와."

"하하하! 역시 형은 뭐든지 속전속결이라서 좋다니까."

추대평은 이제 고수가 되는 건 시간문제라는 생각이 들

었다.

'솔직히 체격 조건이나 체력, 근성은 내가 삼사 형보다 낫지.'

자신이 제대로만 배우면 목탁보다 더 잘할 수 있을 거라는 자신도 있었다.

목탁이 3년 배웠다고 했으니, 자신이 열심히 한다면 시간을 절반으로 줄일 수도 있을 거라는 생각도 들었다.

그런 야무진 결심을 하자 스스로 흡족하여 얼굴에 미소가 떠올랐다.

추대평이 주위를 두리번거리다 적당한 굵기의 나뭇가지 하나를 주워왔다.

"형! 이 정도면 되나?"

"응! 그거면 충분해."

추대평에게 나뭇가지를 건네받은 목탁은 자기가 사부에게 처음 맞았던 때를 떠올리며 추대평의 머리를 이리저리 살폈다.

맨 처음 자신이 사부에게 맞았던 부위라고 생각되는 곳을 찾았다.

'그래, 처음에 뒤통수 상단이었어.'

잠시 추대평의 머리를 살피던 목탁이 추대평의 뒤통수를 한 대 갈겼다.

따악!

"아야! 왜 때려?"

느닷없는 타격에 머리통을 부여잡은 추대평이 인상을 구기고 눈을 부릅떴다.

목탁은 태연하게 예전의 경험을 떠올리며 사부의 말투를 흉내 냈다.

"어허! 때리는 게 아니라 무공 수련이니라."

목탁이 점잖게 말했지만 추대평의 반응은 거칠었다.

"세상에 골통 갈기는 수련도 있나?"

"어허! 그냥 박치기 연마한다고 생각하면 되느니라."

빠박!

목탁이 이번엔 추대평의 머리를 연타로 두드렸다.

추대평은 목탁이 장난친다고 생각했다.

"에이, 씨~ 나 안 해!"

추대평은 배움 포기를 선언하고 몸을 휙 돌렸다.

"어허! 내가 끝이라고 해야 끝이니라. 세 대 맞았으니까 이제 362대 남았느니라."

"뭐라고? 미쳤어? 날 패죽일 작정이야?"

추대평이 소리를 빽 지르며 목탁의 멱살을 잡으려 했으나 목탁의 매가 더 빨랐다.

따다다다닥!

"아으윽! 아, 씨, 하지 마!"

추대평은 손목과 손등, 어깨와 등까지 여러 대를 정신없이 맞았다.

타격을 한 목탁은 나뭇가지 든 손을 뒷짐 진 채로 빙긋이 웃고 있었다.

추대평은 그런 목탁이 얄밉게 생각되었다.

"아우씨! 형, 나 꼭지 돌면 나도 나를 책임 못 지는 거 알지?"

"야! 난 사부한테 하루에 천 대 이상 맞았어. 넌 아직 시작도 안 한 거야."

추대평이 얼굴을 붉히며 진짜로 폭발할 기세를 보이자 목탁은 자신의 경험담을 늘어놓으며 추대평을 이해시키려고 했다.

그러나 추대평은 이해하는 대신 울화통을 터뜨렸다.

"염병! 이게 무슨 무공 수련이야? 매타작이지."

"내가 첨에 말했잖아. 인내심이 있어야 한다고."

"난 매 맞는 데 발휘할 인내심 따윈 없으니까 관둡시다."

"어쨌든 계속 맞으면 나처럼 될 수 있으니까 이를 악물고 참아 봐."

목탁의 말에 추대평은 기가 막혔다.

이건 분명히 목탁이 무공 좀 한다고 자신을 놀리는 거라고 생각했다.

"아, 됐어. 나 고수 안 할래. 관두자고."

"야! 너 참을 인 자 가슴에 새기고 배운다고 했잖아. 시작도 하기 전에 그만두냐?"

"됐시다. 참을 인 자 새긴 거 지웠으니까 관두자고."

"맞는 게 싫으면 피해도 되고 막아도 돼."

그 말에 추대평은 자신이 맞은 걸 복수해야겠다고 생각했다.

'무공 수련 핑계 삼아 날 복날 개 패듯 팼다 이거지?'

추대평은 말아 쥔 주먹을 혀로 핥고 폴짝폴짝 뛰며 전투 준비를 했다.

"좋아, 그럼 이제 계급장 떼고 붙는 거다. 형이라고 봐주는 거 없어."

"그래, 내 타격을 피하거나 막으면 내가 널 업어줄게."

두 사람의 때아닌 행동에 조비비와 난영은 '더운데 왜 저래?' 하는 표정이었고 풍검은 유심히 목탁의 일거수일투족을 관찰하였다.

목탁을 척보면 어리숙한 건달처럼 보인다.

그러나 실전이 벌어지면 누구도 감당키 어려운 고수로변하는 걸 자신의 눈으로 똑똑히 보았다.

강호에 물 위를 차고 달리는 수상비나 능공허도를 시전 할 정도의 고수는 제법 있지만, 폭포에서 추락하는 배에 내공을 주입하여 하늘을 날게 할 수 있는 고수는 지금까지 본 적이 없다.

그때 풍검은 겉으로 내색하지는 않았지만 어마어마한 충격을 받았다.

저 나이에 저 실력이면 천하제일고수로 불리는 건 시간문제다.

문제는 자신이 어느 정도의 실력인지 자신조차도 감을 잡지 못하고 있다는 거다.

게다가 강호에 대한 경험이 일천하여 아직 그 어느 문파나 조직과도 연결고리가 없다.

아직 누구의 손도 타지 않은 천하 명품을 발견한 기쁨에 함성을 지르고 싶었다.

그러나 아직 속내를 내보일 수는 없기에 이리저리 가늠하고 있는 것이다.

사실 적목수라 도참이 전서구로 서찰을 보내왔을 때, 별다른 기대를 하지 않았다.

수로에서 목탁이 활약을 펼칠 때만 해도 '제법 뛰어난 고수구나' 하는 정도로 생각했었다.

그러나 폭포에서 추락하는 배에 진기를 주입하는 것은 차원이 다른 얘기다.

광비신수가 어떻게 다듬었기에 저런 명품이 탄생했을까?

풍검은 겉으론 태연한 모습으로 목탁을 대했지만, 벌써부터 가슴속이 요동치고 있었다.

적목수라 도참은 세상이 평화로우면 난을 일으키면 된다고 했다.

하지만 승산 없이 난을 일으키는 건 죽음을 재촉하는 일일 뿐이다.

섣부른 욕심에 난을 일으켜 개죽음 당하고 싶지는 않다.

그러나 사람들의 신망을 받는 막강한 절대 고수가 있다면 얘기는 달라진다.

아직 다행인지 불행인지는 잘 모르겠으나, 목탁의 머리는 그다지 좋아 보이지 않는다.

머리는 자신과 도참의 머리면 충분하다.

중요한 건 머리의 명령을 그대로 실행하는 실력 있고 충직한 몸이다.

세상이 어지러워지면 세상은 어차피 강한 쪽을 선택한다.

우리가 충분히 강하다면 세상은 우리 편이 될 것이다.

그럴러면 무엇보다 목탁이 자발적으로 자신을 따르도록 만들어야 한다.

그런 궁리로 풍검은 마음속으로 바쁘게 움직이며, 온갖 경우의 수와 향후 일정을 따지고 있었다.

목탁에게 생포되어 여기까지 끌려 온 진소달은, 그동안 목탁이 자신을 잡아 온 괴노인이라는 생각은 꿈에도 하지 못하고 있었다.

진소달은 두 사람의 행위를 보다가 속으로 깜짝 놀랐다.

그가 놀란 이유는 무엇보다 목탁의 변화무쌍한 보법 때문이었다.

겉보기엔 슬슬 피하는 것 같지만 무당의 환영신보와 남궁세가의 신출귀보를 변형한 움직임이 틀림없었다.

진소달은 은검대의 정예대원으로 적어도 개방의 오결제자 이상의 무공 실력을 갖추고 있기에, 목탁의 무공이 예사롭지 않다는 것을 눈치챈 것이다.

그런데 처음부터 목탁의 움직임이 왠지 낯설지 않게 느껴졌다. 특히 추대평을 타격하는 귀신같은 손놀림은 어디서 많이 본 느낌이 들었다.

진소달이 그렇게 느낀 것은 어찌 보면 당연한 일이었다.

일정한 경지에 이른 강호의 고수들은 대부분 대결 상대가 펼치는 무공초식을 한눈에 간파하게 마련이다.

목탁이 괴노인으로 변장했을 때, 천살조력을 비롯한 몇 가지 무공을 선보인 바 있었기에, 진소달은 목탁의 보법과 수법이 어느 정도 눈에 익었던 것이다.

추대평이 무공을 모른다고는 하나, 근접거리에서 내뻗는 주먹을 여유롭게 피하는 동시에 공격까지 전개하는 건, 결코 쉬운 일이 아니란 걸 알기 때문이다.

목탁의 실체를 모르는 진소달은 목탁이 자신과 겨룰 만한 상대라는 생각이 들었다.

그러다 퍼뜩 배에서 자신을 잡아 챈 괴노인이 머리에 떠올랐다. 그리고 보니 정신을 차린 뒤로 그 괴노인의 모습을 본 기억이 없다.

배가 폭포에서 떨어졌다고 했는데, 자신은 그때 잠들어 있어서 기억이 없다.

'그때 물에 빠져 죽은 건가?'

그런 생각도 했지만 아무도 괴노인의 죽음에 대해서 말하지 않는 것으로 보아 그런 것 같지는 않다.

사실 진소달이 괴노인을 떠올린 것은 목탁의 움직임이 진소달이 경험한 괴노인의 움직임과 같았기 때문이지만, 변장 사실을 모르는 진소달은 거기까지는 생각이 미치지 못했다.

목탁의 타격 동작은 모두 검초의 초식으로, 진소달은 이미 목탁이 화산파의 매화십이검법과 연비칠식을 시전한 걸 파악해 냈다.

진소달이 소스라치게 놀란 건, 목탁이 남궁세가의 절기인 현무삼절 이십일 초식을 완벽하게 시전해 낸 다음이었다.

'고수다! 적어도 나보다 두 단계 이상이다.'

아까 만만하게 보고 자신의 상대라고 생각한 것을 생각하니 으스스 등골이 오싹했다.

만약에 자신의 맞상대라고 생각해서 목탁과 검을 겨뤘다면 자신의 필패였을 것이다.

세가 내에서 현무삼절 이십일 초식을 완벽하게 구현해 내려면 분타주 이상의 실력이라야 가능하다.

진소달은 새삼 목탁의 정체가 궁금해졌다.

'대체 누구기에 남궁세가의 절기를……'

추대평은 오른쪽으로 돌면서 쭉 뻗은 왼손으로 거리를 측정하며 한 방을 노렸다.

바로 그때, 목탁의 발이 뭐에 걸렸는지 몸이 중심을 잃었다.

"걸렸어!"

추대평이 기회를 놓치지 않고 날래게 목탁을 향해 주먹을 날렸다. 그러나 주먹은 바람만 갈랐고 추대평의 눈에서 별이 쏟아졌다.

빠바바바박!

목탁은 추대평을 입맛대로 골라 때리면서, 사부와 자신이 때리고 맞고 피하던, 괴로웠으나 그리운 사부와의 추억에 잠기며 감개무량했다.

괴로웠던 기억도 세월이 지나 추억이 되면 아름답게 채색되는 법이다.

바로 곁에서 사부가 자신을 지켜보며 흘흘 웃는 것 같은 느낌이 들었다.

"이이익! 내가 한 방은 갈긴다! 으라샤샤!"

뚜껑이 열린 추대평이 마구잡이 초식으로 주먹을 휘둘러 댔다.

노리고 공격해도 어려운데 마구잡이에 맞을 목탁이 아니다.

퍼퍼퍽!

추대평의 복부와 둔부에 연타가 꽂힌다.

끄으윽!

추대평은 마구잡이가 통하지 않자 몸을 날려 육탄공격을 시도했다.

아라차차아!

빠바박!

이번에도 혼자 허공을 날다 바닥을 구르며 매만 실컷 맞았다. 추대평은 공격이 모두 실패로 돌아가자 약이 오를 대로 올랐다.

'정면 승부는 어려우니까 허허실실 전법으로 쓰러지는 척하면서……'

추대평이 쓰러지는 척하면서 목탁의 허리를 잡으려고 몸을 날렸다.

그래도 목탁의 매는 어김이 없었다.

뚜다다닥!

추대평이 몸을 굴려 피하려 해도 매가 따라다녔다.

추대평은 벌떡 일어나 옷을 털면서 나름대로 짱구를 굴렸다.

그런 면에선 근성 있고 집요한 편이었다.

'일단 공격하는 척하다가 주저앉으면서 돌려차기로 중심을 뺏고 덮치면……'

추대평은 상체를 좌우로 흔들어대면서 중얼거림과 투덜거림을 쏟아냈다.

몸으로 상대의 시야를 어지럽히고 말로 정신을 산만하게 하는 투덜이 초식이었다.

현란한 동작이 가미된 투덜이 초식은 구설신공 제2초식에 해당된다.

"아, 이거 진짜 장난 아니네. 나 이러다 진짜 사고 치는데, 나중에 치료비가 어쩌고저쩌고 하지 맙시다. 지금까진 형이라서 슬슬했는데 이젠 인정사정없으니까 진짜 조심해야 할 거야. 나 지금 독을 품었거든. 형도 내 별명이 독사인 거 알지? 한 방 쏘이면 약도 없… 아악!"

빠바바바박!

목탁의 번개 같은 연타로 추대평의 투덜이 초식은 효과를 못 보고 막을 내렸다.

목탁은 추대평의 행동을 보면서 마치 자신을 보는 것 같은 착각을 일으켰다. 자신은 사부가 되고 추대평은 꼭 3년 전의 자기처럼 느껴졌다.

추대평의 생각과 행동이 너무나도 훤하게 예측되었고 추대평은 한 치도 어긋남 없이 꼭 3년 전의 자기처럼 생각하고 움직였다.

지금 목탁의 눈에는 추대평이 하는 짓이 너무나도 귀엽고 예뻤다. 추대평이 악을 쓰거나 투덜거리거나 모두 사랑스럽게 느껴졌다.

목탁은 비로소 사부가 그때 절해고도에서 왜 그렇게 흘흘거리고 웃었는지 깨달았다.

"그랬구나. 사부는 내가 너무나 좋았던 거였어.'

사부는 사람이 미치도록 그리웠고, 목탁이 무슨 짓을 해도 마냥 좋았던 거였다.

목탁을 통해서 자신이 살아 있다는 것이 생생하게 실감 났기 때문이다.

20년간의 고독한 생활에서 말을 나눌 상대가 생겼다는 게 너무나 좋은 거였다.

목탁은 이 상황이 너무 웃겨서 갑자기 배를 잡고 웃어댔다.

사람과 장소만 바뀌었지 그때와 너무나도 같은 상황인 것이다.

"아하하하하!"

"뭐여? 사람 패는 게 그렇게 좋아? 패 죽이면 아주 잔치를 벌이겠구먼."

목탁이 웃자 영문을 모르는 추대평은 목탁을 흘겨보며 이를 갈았다.

목탁은 흘겨보는 추대평의 모습이 정말 사랑스러워 보였다.

그 순간 목탁은 사부가 너무나 보고 싶고 사무치게 그리워졌다. 그리운 마음이 가슴 가득 차오르자 자기도 모르게 눈시울이 붉어졌다.

"얼라리? 이젠 우네. 뭐여? 나 때리고 미안해서 우는 겨? 가지가지 하시네, 진짜."

그런 모습을 본 추대평이 황당한 듯 중얼거렸지만 목탁은 신경 쓰지 않았다.

눈물을 글썽이던 목탁이 뜬금없이 풍검에게 자신의 결심을 알리고 방법을 구했다.

"풍 대협, 난 사부님이 당부하신 보리선원을 세울 건데 어떻게 하면 될까요?"

목탁이 조언을 구하자 풍검은 엄지와 검지로 동그라미를 만들어 보였다.

"글세, 뭘 하든 일단 돈이 있어야겠지."

목탁의 말에 풍검이 너무나도 당연한 정답을 말했다.

그런데 목탁은 풍검의 말에 잠시 멍한 기분이 들었다.

돈의 용도가 다양한 것은 너무나 당연한 일이지만, 바로 그 순간 목탁은 돈의 전혀 새로운 면에 대해서 벼락같은 깨우침을 느꼈다.

'그렇구나. 돈이 있어야 세상에 좋은 일도 할 수 있구나!'

지금까지 살아오면서 돈은 오직 자신의 필요를 위해서만 쓰는 것으로 여겼다.

청도의 갑부 곽진걸이 자신의 능력을 검증하는 잣대로 삼은 것도 돈이었다.

지금까지 목탁이 남을 위해서 돈을 쓴 건, 건달 이삼사 시절 어울리던 친구나 후배들에게 간단한 요리나 술 몇 잔 산 것이 전부였다.

건달 이삼사가 먹고 죽으려고 해도 없어서 못 먹는 게 돈이었다. 그동안 그는 남을 위해서 돈을 쓸 이유도 없지만, 기본적으로 자신을 위해서 쓸 돈도 늘 부족하다고 느꼈다.

그런데 보리선원을 세운다는 것은 어려운 사람들을 돕겠다는 뜻이다. 자신이 늘 필요로 하던 돈을 남을 위해서 써야 하는 일인 것이다.

'남을 위해 돈을 쓴다는 건 어떤 기분일까?'

한마디로 보리선원은 손해 보기로 작정하는 일이다.

어떤 일이든 자신이 손해를 본다는 것은 결코 기분 좋은 일이 아니다.

그럼에도 불구하고 보리선원을 세우는 것이 손해라는 생각
은 들지 않았다.

"돈이 얼마나 있어야 할까요?"

"그거야 일 벌리는 크기에 달렸지. 작게 시작하면 조금 들
거고 크게 하자면 한도 끝도 없겠지. 그런데 자네는 왜 그런
일을 하려는 건가?"

목탁의 질문에 풍검이 되묻자 목탁은 대답을 더듬었다.

"어, 그건 조, 좋은 일 아닌가요?"

"좋은 일이지. 그건 나도 알아. 내 말은 자네가 그걸 왜 하
느냐 이 말이야?"

목탁은 자신이 왜 그런 생각을 했는지 정확하게 설명하기
어려웠다.

굳이 설명하자면 마음에서 그런 생각이 우러나온 것이다.

"어, 그, 그게… 좋은 일 하는데 꼭 이유가 있어야 하나요?"

"내 말은, 그런 일은 나라가 해야 하는 일이란 말이지."

풍검은 빈민 구제는 나라의 몫이라는 걸 강조했다.

"가난은 나라도 구제하지 못한다는 말이 있네. 나라도 못하
는 일을 자네가 할 텐가?"

"나라가 구제를 못 해서 주민들이 마을을 떠나고 있잖아요."

"그러니까 나라가 할 일을 자네가 대신하겠단 얘기로구먼."

"아니, 꼭 그런 건 아니지만 사부님도 하라고 하셨고, 저도

그런 일을 해야 할 것 같아서……."

"허, 대자대비 부처님이 환생하셨구먼. 좋아! 한다 치고, 돈을 어떻게 마련할 건가?"

"그건……."

목탁이 대답을 못 하고 입을 다물자 조비비가 끼어들었다.

"목 대협이 보리선원을 세우신다면 제가 앞장서서 돕겠어요."

풍검은 조비비를 힐긋 보더니 이내 고개를 흔들었다.

"보리선원하고 기루는 근본이 다르네."

풍검의 말에 조비비는 단호하게 자신의 뜻을 밝혔다.

"그건 저도 알아요. 보리선원은 돈이 나가는 곳이고 기루는 벌어들이는 곳이죠. 제가 기루를 열어서 목 대협을 돕겠어요."

자신을 돕겠다는 조비비의 말에 목탁의 얼굴이 밝아졌다.

항주 제일의 기루를 운영한 경험을 살리면 기루 운영은 충분히 승산이 있다.

그러나 목탁의 희망에 풍검이 곧바로 찬물을 끼얹었다.

"뜻은 좋습니다만 구파일방과 오대세가가 눈에 불을 켜고 창연루주를 찾고 있는데 그게 가능할까요?"

"지, 지금 당장은 아니더라도 일이 잠잠해지면… 그때……."

조비비가 당장은 아니더라도 돕겠다는 의지를 나타낸 것만으로도 목탁은 고마웠다.

"비비, 고마워요. 비비 소저가 도와주면 분명히 성공할 거예요."

그러나 풍검은 또 부정적인 진단을 내렸다.

"창연루는 하오문이라는 배경이 있으니까 도선 사업으로 돈을 긁었지만 루주 혼자의 힘으로는 고작해야 기루 운영이 다일 거요. 창연루처럼 규모 있는 기루는 자금이 많이 드니 어려울 테고 잘해야 동네 객잔 수준일 텐데, 그 정도 규모로는 수입이 몇 푼 안 될 거외다. 아닌 말로 칭연루는 루주가 얼굴만 대표였지 않소. 뭐 그것도 쉬운 일은 아니었겠지만 자금력 없이는 기루 사업이 어렵고, 하오문 같은 배경 없이는 운영도 쉽지 않을 거요."

풍걸의 말은 구구절절 모두 틀림없는 사실이었다.

창연루는 하오문에서 자금과 인력을 전적으로 지원하였기에 말썽 없이 사업을 할 수 있었지만 개인이 나설 경우엔 각종 세금과 인허가 문제는 물론, 관아의 간섭부터 지역 건달과 폭력배들 문제로 골치 아픈 일이 많았을 것이다.

술, 여자, 도박이 연결된 사업은 반드시 불법과 탈법이 거미줄처럼 얽혀 있게 마련이어서 타지에서 기루 사업을 벌이는 것은 결코 성공이 보장된 일이라고 볼 수 없다.

풍검의 구체적인 지적질에 목탁의 표정이 어두워졌다.

"풍 대협 말씀대로 쉽진 않겠지만 언니와 내가 힘을 합치면 어느 정도 규모까지는 충분히 해낼 수 있다고 생각해요. 제가 어느 정도 자금은 마련할 수 있어요. 언니도 그럴 거구요."

부용루주 난영이 조비비 지원 사격에 나서자 목탁의 얼굴이 다시 밝아졌다.

"하하하! 두 분 의자매께서 발 벗고 나서서 도와주신다니 기운이 납니다."

"글세, 하오문에서 그동안 두 분에게 투자한 걸 그냥 내줄까? 아마 한 푼도 건져 오기 힘들 텐데……. 지금쯤 하오문에선 십중팔구 두 분의 계약 위반으로 인한 손해배상을 따지고 있을 거요."

잠시 기운이 났던 목탁의 얼굴에 다시 그늘이 드리워졌다.

"시작도 하기 전에 내가 자꾸 초 치는 것 같지만, 보리선원은 틀림없이 돈 잡아먹는 전귀가 될 텐데, 내가 볼 땐 기루 사업으로는 분명히 밑 빠진 독에 물 붓기가 되어서 중간에 나가 떨어질 걸로 보이는구면."

"풍 대협 말씀은 보리선원을 하지 말라는 걸로 들리네요."

목탁이 말끝마다 초 치는 풍 대협에게 입술을 삐죽 내밀고 퉁명스럽게 말했다.

그러자 풍검이 펄쩍 뛰었다.

"뭔 소리야? 내가 언제 하지 말라고 했나? 뜻있고 좋은 일인데 해야지."

"그런데 지금 계속 안 되는 쪽으로만 얘기하고 있잖아요."

"이왕 할 거면 확실하게 계획을 세우고 추진해야 된다는 얘길세."

추대평이 볼 때는 모두 뜬구름 잡는 이야기로만 들렸다.

무엇보다 목탁이 보리선원을 세우겠다는 것부터 이해가 되지 않았다.

'삼사 형이 왜 저러지? 살짝 맛이 갔나?!'

물론 목탁과 어디든지 한 몸으로 함께하다는 마음이 바뀐 건 아니다.

그러나 그건 어디까지나 예측 가능한 수익이 있을 때의 얘기다.

밀무역도 그렇고 해적질도 그렇고 성공하면 한 방에 인생역전이라는 확실한 미래 구상이 있기에 기꺼이 위험을 감수한 도박을 감수한 것이다.

그런데 보리선원이라니?

투자대비 수익은 고사하고 줄곧 돈을 빨아먹기만 할 게 빤하지 않은가?

대화라는 건 본시 수익의 많고 적음을 따져야 정상인데, 수익도 안 나는 곳에 돈 처바를 궁리를 하고 있으니, 아무래도 더위를 심하게 먹은 탓이리라.

좌우간 이런 영양가 없는 얘기는 더 이상 질질 끌 이유가 없다.

"자, 땀 식혔으면 또 걸어 봅시다. 배고파 뒈지기 전에 마을
이든 객잔이든 눈에 띄어야 우리가 삽니다."

목탁 일행은 허기진 배를 달래며 다시 북동 방향으로 길을
잡고 걸었다.

절강성 항주에서 출발한 목탁 일행은 수로를 타고 하루를
움직였고, 이름 모르는 노인을 장례 치르느라 하룻밤 머물고,
다시 하루를 꼬박 걸었다.

땅거미가 질 무렵, 그때까지 끼니를 해결 못 한 목탁 일행은
안휘성과 장소성으로 길이 갈리는 이정표 앞에 섰다.

풍검이 이정표를 보고 다음 목적지를 정했다.

"장소성으로 갑시다. 여기서 옛 수도인 남경까지 3백리 길이
니 부지런히 걸으면 이틀이면 갈 수 있을 게야."

"아이고! 난 아무래도 오늘 밤에 자다가 배고파서 돌아가
실 것 같은데……."

추대평이 주저앉아 발을 주무르며 자신의 아사를 걱정했
다. 목탁도 배가 고프긴 했지만 견딜 만했고 걷는 것도 별로
힘이 들지 않았다.

오히려 걸을수록 새로운 힘이 생겨나는 것 같았다. 다른 사
람들이 지쳐 보여서 목탁은 일부러 천천히 걷는 중이었다.

목탁은 자신의 체력에 스스로 놀라며 내심 사부에게 감사했다.

'어쨌든 사부 덕분에 내 체력이 엄청나게 좋아졌어.'

신시에서 유시 사이쯤 됐을까?

산기슭 그늘 길로 접어들자 상쾌한 바람이 불었다.

조금 더 걸어가자 수량이 제법 풍부한 개울이 나타났다.

조비비와 난영이 반색을 하며 개울가로 내려갔다.

"잘됐네. 저기서 좀 씻고 가요."

"난 씻는 것보다 물고기가 있으면 좋겠네."

추대평은 허리까지 차는 물속으로 뛰어들어 물고기부터 찾았다.

"있다! 송사리도 있고, 개구리도 있어!"

추대평은 가느다란 나뭇가지를 손에 들고 본격적인 개구리 사냥에 나섰다.

추대평이 열심히 나뭇가지를 휘둘러 개구리를 잡았다.

진소달도 추대평을 따라다니며 개구리 사냥에 열심이었다.

채 이 각도 안 되어 추대평과 진소달이 각기 개구리 열댓 마리를 나무줄기로 꿰어 갖고 왔다.

타타탁 타닥!

모닥불에 개구리가 구워지자 고소한 냄새가 사람들의 코를 자극하고 위장을 요동치게 만들었다.

"햐~ 그 냄새 한 번 사람 환장하게 만드네."

"허허! 먹기도 전에 침이 절로 흐르는구먼."

뒷다리가 구워지자 저마다 집어 들고 그 맛을 음미했다.

"야아, 고소하다. 어릴 때 잡아서 다리 구워 먹고 첨이네."

"하하! 나도 그러네."

목탁 일행은 개울가에서 개구리 구이로 허기를 달래고 휴식을 취했다.

"풍 대협은 수십 년 표국 일을 하면서 많은 곳을 돌아보셨죠?"

"내가 25살에 견습 표사로 시작해서 올해로 20년째 이 짓을 하고 있으니까 많이 다니긴 한 것 같구먼. 아마 강호를 종횡으로 다닌 걸 따지면 수십 번은 될 거고, 새외까지 나다닌 걸 따지면⋯⋯. 족히 열 번은 천하를 주유하지 않았나 싶네."

"어디가 제일 기억에 남으세요?"

"표국 일은 길 따라 다니니까 다 거기서 거기야. 그저 길 편하고 잠자리 편하고 음식 좋은 곳이면 어디든 좋아."

"표사 일을 오래하셨으니 돈도 많이 모았겠네요."

"표사는 돈 못 모아. 내가 다른 건 잘 참는데 외로운 건 잘 못 참거든. 외로우면 술 마셔야 하고, 그러면 늘 빈주머니지."

"가족은 있으세요?"

"아니, 가족이 있으면 진작 이 짓 그만뒀을 거야."

"이제 일을 쉬실 연세인데 표사 일을 계속하는 이유가 있으세요?"

"표사 일이 좋은 건 세상의 진기한 이야기를 많이 듣고 신기한 경험을 많이 할 수 있기 때문이라네. 내 재산은 내 머릿속에 든 이야기라고 할 수 있지. 내가 좀 더 나이 들면 이야기 팔아서 먹고살 생각이라네."

"어떤 이야기들인지 궁금하네요."

"참, 자네 보리선원 세우고 싶다고 했지?"

"예."

"내가 일확천금하는 이야기 하나 해줄 테니 잘 듣게."

꿀꺽!

돈 버는 이야기라는 말에 추대평이 입맛을 다시고 침을 삼키며 가까이 다가왔다.

"저어기, 서장을 지나 천축 가는 길에 참새촌이라고 있어. 하여간 거긴 참새가 무지무지하게 많은 곳이야. 그 마을 사람들은 1년에 딱 한 번 참새를 잡아서 1년을 놀고먹는다네."

"참새가 얼마나 많기에?"

"참새고기 한 점이랑 쇠고기 열 점이랑 안 바꾼다는 말 알지? 그건 그만큼 참새고기가 맛있다는 얘기지. 잡으면 사겠다는 사람은 줄 섰어."

"참새를 어떻게 잡나요?"

"딱 지금 같은 계절이 좋아. 일단 잡고 싶은 참새 숫자만큼 손바닥 두 배 크기만 한 나뭇잎을 먼저 준비해야 해. 나무에 달린 게 나뭇잎이니까 돈 들 일도 없어. 그다음 참새가 좋아하는 땅콩을 또 잡고 싶은 수만큼 준비하면 참새사냥 준비 끝이야. 오시가 지나고 미시가 될 즈음이면 참새들이 저녁 먹으러 몰려다니거든, 그때, 나뭇잎을 땅바닥에 한 장씩 놓고 바람에 날아가지 않게 고정시켜 놓아야 해. 그리고 몽혼약으로 버무린 땅콩을 나뭇잎에 하나씩 올려놓고 기다리면 돼."

"그, 그럼 어떻게 되는데요?"

"땅콩 냄새를 맡은 참새가 친구들을 부르겠지. 그럼 참새들이 몰려올 거고, 몽혼약을 탄 땅콩을 먹으면 잠이 올 테지. 참새가 나뭇잎에서 한숨 자는 동안 태양이 나뭇잎의 습기를 증발시키거든. 그러면 나뭇잎이 오그라들지. 잠이 깬 참새는 날고 싶어도 잎이 오그라져서 날개를 펼 수가 없어요. 그때 가서 망태기에 그냥 주워 담으면 되는 거야. 참새 한 마리에 한 푼, 열 마리면 한 냥, 만 마리 잡으면 하루에 천 냥은 너끈히 버는 거지. 일확천금 별거 아냐."

"와! 햐아! 세상에 그렇게 쉬운 돈벌이가……."

풍검의 논리 정연(?)하고 막힘없는 말에 추대평은 입을 딱 벌리고 감탄했다.

"요즘 집 한 채 값이 얼마지?"

"세 칸짜리 허술한 집은 삼백 냥 정도면 사지요."

"어때? 참새 잡으러 가볼 텐가?"

"저기, 약도를 좀……."

추대평은 고개를 갸웃하면서도 풍검에게 거듭 참새촌 가는 길 약도를 부탁했다.

"참, 자네는 무공 배워서 고수되고 싶다고 했지?"

"예, 가르쳐 주실 건가요?"

"무공은 배우고 자시고 할 게 없어. 그냥 찾아가기만 하면 고수가 되는 곳이 있어."

"거, 거기가 어딘데요?"

"음~ 좀 멀긴 한데, 일단 가기만 하면 누구든 다 하늘을 날아다니고 그래."

"어, 어떻게요?"

"저어기 포탈랍 궁을 지나면 히말라야라는 거대한 눈 산이 있어. 그 산꼭대기에 마을이 하나 있는데, 건너편 산 위의 이웃 마을에 가려면 산을 내려갔다가 다시 올라가야 하니까 너무 시간도 많이 걸리고 힘이 든 거야. 그래서 늘 마음속으로 곧바로 걸어가면 좋을 텐데… 하고 생각했지. 그러던 어느 날부터인가 직접 한 번 걸어보기로 하고 허공을 걸었더니 슝슝 걸어지는 거야."

"에이, 허공을 사람이 그냥 어떻게 슝슝 걸어요?"

"어허! 진짜라니까, 그 마을 아이들은 어릴 때부터 어른들 손잡고 허공을 걸어 버릇해서 누구나 다 허공을 마음대로 걸어 다닌다니까."

"애들이 겁내지 않아요?"

"허공을 걸어가다 가끔 아래를 보고 놀라서 겁먹고 비명 지르다 떨어지는 아이도 있지."

"그, 그럼 추락해서 죽잖아요."

"아니, 아니야. 같이 가는 어른이 '어허! 이런 녀석'이러고 얼른 손잡아서 떨어지는 아이를 건져 올리지."

"풍 대협은 진짜로 사람들이 허공을 걸어 다니는 걸 눈으로 보셨어요?"

"아, 봤으니까 알지. 저 친구한테 두드려 맞으며 힘들게 무공 배우는 것보다 훨씬 간단하고 좋잖아. 이것도 약도 그려 줄까?"

조비비와 난영은 풍검의 터무니없는 농담에 진지하게 반응하는 추대평을 보고 손으로 입을 가린 채 고개를 돌리고 소리 없이 웃었다.

진소달도 풍검의 악의 없는 농담에 싱글싱글 웃으며 재미있어했다.

그러고 보니 언제부터인지 진소달의 손을 묶었던 포승줄이 보이지 않았다.

진소달이 풍검과의 동행을 원했기에 풍검은 그를 포로가 아닌 식구로 받아들인 것이었다.

"후훗."

"추 공자가 보기보다 순진하네요."

난영의 말에 조비비가 고개를 끄덕였다.

"맞아, 아까 참새 이야기도 홀딱 넘어갔었지."

난영은 풍검을 힐긋 쩨려보며 그의 농담을 탓했다.

"풍 대협도 은근히 짓궂으셔. 말도 안 되는 농담을 표정하나 바꾸지 않고, 진짜처럼 진지하게 말해서 그런 탓도 있어요."

"후훗, 지치고 무료하니까 일부러 그런 농을 치신 게지."

그러자 풍검이 진지한 표정으로 입을 열었다.

"내가 가볍게 이야기하지만 농을 하자고 그런 말을 늘어놓은 건 아니오."

풍검의 엄숙한 표정에 조비비가 따지듯이 물었다.

"농이 아니라면 아이들이 허공을 걸어 다닌다는 걸 사실로 믿으란 건가요?"

"어허! 그건 상징과 비유라는 것이오. 무릇 사람은 발상의 전환이 있어야 미래를 창조하는 법이라오."

"풍 대협, 상징과 비유 말고 그냥 있는 그대로 말씀하세요."

조비비는 풍검에게 뭔가 복잡한 속내가 있는 것으로 생각했다.

자신의 경험상 무슨 말이든 상대가 말을 명확하게 알아듣도록 설명하지 않는 것은 뭔가 다른 꿍꿍이가 있는 것이다.

"참새 이야기와 히말라야 산 이야기는 농담이 아니라 내가 꿈꾸는 세상에 대한 은유적인 표현이외다."

이번에도 그의 말이 무슨 뜻인 줄 몰라 사람들은 그의 다음 말을 기다렸다.

그러나 풍검은 더 이상 말을 잇지 않았다.

궁금한 목탁이 참지 못하고 해석을 부탁했다.

"풍 대협, 무슨 얘긴지 제가 알아듣게 설명 좀 해주세요."

풍검은 씨익 웃고는 더욱 알쏭달쏭한 말을 늘어놓았다.

"참새는 빈곤에서 풍요로 가는 길을 이야기한 것이고, 산 이야기는 현실의 어려움을 한 방에 모두 해결하는 법을 말한 걸세. 무슨 말인지 알겠나?"

"아니요. 모르겠는데요."

"무슨 말이에요, 그게?"

목탁과 추대평의 도리질에 풍검이 잠시 생각에 잠겼다.

"음~ 아까 참새촌에선 참새를 한 번 잡으면 일 년을 먹고 산다고 한 것 생각나나?"

"예. 생각나요."

"그것과 마찬가지로 참새 대신 권력을 잡으면 일 년이 아니라, 자자손손 대대로 풍요로울 수 있다는 말이야. 다시 말해서 세상이 우리 손에 들어오면 세상만사를 우리 뜻대로 할 수 있다는 말이네. 굶주리는 사람 없게, 억울한 사람 없게, 누구든지 가슴에 품은 소원은 이뤄지게. 우리 손으로 그런 세상을 만들면 얼마나 좋을지 생각해 봐! 가슴을 쫙 펴고 천하를 가슴에 품고 잠을 생각을 해보라고!"

풍검은 손바닥으로 자신의 가슴을 치며 천하를 가슴에 품을 것을 주문했다.

목탁과 추대평은 천하 운운하는 풍검의 말이 허무맹랑하게고 공허한 말로 느껴져서, 서로 얼굴을 마주 보고 말없이 입술을 잘근거리며 씹었다.

두 사람이 말은 안 해도 서로 생각하는 건 비슷했다.

'천하가 무슨 동네 주막의 술잔도 아니고, 그걸 무슨 수로 잡으라는 거야?'

바로 그때, 멀리서부터 지축을 울리는 요란한 말발굽 소리가 들렸다.

두두두두두!

"뭐지? 이렇게 말이 달리는 건 군사들의 이동 외에는 흔치 않은데."

풍검이 자리를 털고 일어나 소리가 나는 방향으로 고개를 뺐다.

콰두두두두두!

지축을 울리며 달려오는 건 기마대와 마차들의 행렬이었다.

과연 풍검의 짐작대로 수백, 아니 그 이상의 기마병이 곧 모습을 드러냈다.

기마병들은 흙먼지를 일으키며 질풍처럼 관도를 내달려 오고 있었다.

『목탁』4권에 계속…

초대형 24시 만화방

신간 100%, 샤워실, 흡연실, 수면실(침대석), 커플석, 세탁기 완비

■ 강북 노원역점 ■

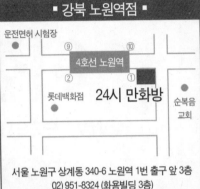

서울 노원구 상계동 340-6 노원역 1번 출구 앞 3층
02) 951-8324 (화용빌딩 3층)

■ 일산 정발산역점 ■

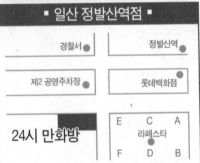

라페스타 E동 건너편 먹자골목 내 객잔건물 5층
031) 914-1957

■ 일산 화정역점 ■

경기도 고양시 덕양구 화정동 984번지 서일빌딩 7층
031) 979-4874 (서일사우나 건물 7층)

■ 부천 역곡역점 ■

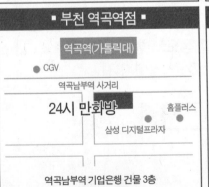

역곡남부역 기업은행 건물 3층
032) 665-5525

■ 부평역점 ■

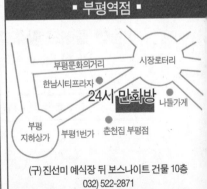

(구) 진선미 예식장 뒤 보스나이트 건물 10층
032) 522-2871

월야환담

채월야 • 홍정훈 장편 소설

Book Publishing CHUNGEORAM

유행이 아닌 자유추구 -
WWW.chungeoram.com

내일을 향해 쏴라

김형석 장편 소설
FUSION FANTASTIC STORY

1만 시간의 법칙!
'성공은 1만 시간의 노력이 만든다'는 뜻이다.

그러나…
사회복지학과 복학생 수.
전공 실습으로 나간 호스피스 병동에서
미지와 조우하다.

1만 시간의 법칙?
아니, 1분의 법칙!

**전무후무한 능력이 수에게 강림하다!
맨주먹 하나로 시작한 수의
인생역전이 시작된다!**

Book Publishing CHUNGEORAM

유행이 아닌 자유추구 ~
WWW.chungeoram.com

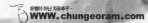

FUSION FANTASTIC STORY

임영기 장편 소설

바람의 마스터

Wind Master

중국집 배달원으로 평범한 삶을 살던 한태수.
음식 배달 중 마라톤 행렬에 휩쓸려
하프마라톤을 뛰게 되는데……
늦깎이로 시작한 육상에서 발견한 놀라운 재능!

과거는 모두 서론에 불과할 뿐,
이제부터가 본론이다.
두 눈 똑똑히 뜨고 잘 봐라.
내가 어떻게 세계를 제패하는지……

남은 것은 승리와 영광뿐!

Book Publishing CHUNGEORAM

유행이 아닌 자유추구 -
WWW.chungeoram.com

허담 新무협 판타지 소설
FANTASTIC ORIENTAL HEROES

신력을 타고났으나 그것은 축복이 아닌 저주였다.

『십자성 - 전왕의 검』

남과 다르기에 계속된 도망자의 삶.
거듭된 도망의 끝은 북방 이민족의 땅이었다.
야만자의 땅에서 적풍은 마침내 검을 드는데……!

"다시는 숨어 살지 않겠다!"

쫓기지 않고 군림하리라!
절대마지 십자성을 거느린
적풍의 압도적인 무림행이 시작된다!

Book Publishing CHUNGEORAM

이계진입
리로디드

임경배 퓨전 판타지 소설

FUSION FANTASTIC STORY

『권왕전생』 임경배의 2015년 신작!

『이계진입 리로디드』

왕의 심장이 불타 사라질 때,
현세의 운명을 초월한 존재가 이 땅에 강림하리라!

폭군으로부터 이세계를 구원한 지구인 소년 성시한.
부와 명예, 아름다운 연인…
해피엔딩으로 이야기는 끝인 줄 알았건만
그 대가는 지구로의 무참한 추방이었다.
그리고 10년 후……

"내가 돌아왔다! 이 개자식들아!"

한 번 세상을 구한 영웅의 이계 '재'진입 이야기!

Book Publishing CHUNGEORAM

유행이 아닌 자유추구 -
WWW.chungeoram.com

paráclito

빠라끌리또

FUSION FANTASTIC STORY

가프 장편소설

막장 비리 검사가
최고의 검사로 거듭나기까지!
그에겐 비밀스러운 친구가 있었다.

『빠라끌리또』

운명의 동반자가 된 '빠라끌리또'가 던진 한마디.

−밍글라바(안녕하세요)!

그 한마디는 막장 비리 검사, 송승우의
모든 것을 통째로 리뉴얼시켜 버렸다.

빠라끌리또=Helper, 협력자, 성령.

Book Publishing CHUNGEORAM

유행이 아닌 자유추구 −
WWW.chungeoram.com

철백 新무협 판타지 소설

FANTASTIC ORIENTAL HEROES

大武

대무사

피와 비명으로 얼룩진 정마대전의 종결.
그리고…

"오늘부로 혈영대는 해산한다."

혈영대주 이신.
혈영사신(血影死神)이라고 불리는 그가
장장 십오 년 만에 귀향길에 올랐다.

더 이상 전쟁의 영웅도, 사신도 아니다!

무사 중의 무사, 대무사 이신.
전 무림이 그의 행보를 주목한다!

Book Publishing CHUNGEORAM